张巧慧 著

国际文化出版公司
·北京·
宁波出版社
NINGBO PUBLISHING HOUSE

图书在版编目（CIP）数据

云中人 / 张巧慧著 . -- 北京 ：国际文化出版公司，2022.10

ISBN 978-7-5125-1469-0

Ⅰ．①云… Ⅱ．①张… Ⅲ．①散文集－中国－当代 Ⅳ．① I267

中国版本图书馆 CIP 数据核字 (2022) 第 184266 号

本书图片由作者张巧慧提供

云中人

作　　者　张巧慧
责任编辑　侯娟雅
选题策划　彭明榜
出版发行　国际文化出版公司　宁波出版社
经　　销　全国新华书店
印　　刷　北京精彩世纪印刷科技有限公司
开　　本　889 毫米 ×1194 毫米　32 开
　　　　　8.75 印张　158 千字
版　　次　2022 年 10 月第 1 版
　　　　　2022 年 10 月第 1 次印刷
书　　号　ISBN 978-7-5125-1469-0
定　　价　68.00 元

国际文化出版公司
北京朝阳区东土城路乙 9 号　邮编：100013
总编室：（010）64270995　传真：（010）64270995
销售热线：（010）64271187　传真：（010）64271187-800
E-mail：icpc@95777.sina.net

献词

我身上有刻过的痕迹，
你也是这世界的其中一张拓片。

拓片，是一项古老的传统技艺，是用宣纸和墨汁等工具，将碑文、器皿上的文字或图案拷贝出来，堪称古代复制品，用时下的话说，是一种文化衍生物。宋代金石学兴起之后，拓片就成了金石研究的要物和文人间互赠的雅礼，恰到好处地从坚硬与沉默中取出柔软，柔软又不带脂粉气。闲暇时分，翻看拓片，触摸古时人文情思，恍然如梦。

宁波慈城的朱贵祠，是当地一个文物保护点，藏有不少明清墓碑与墓志。我是初学者，把握不好火候，有时纸面起皱，有时漏墨，有时宣纸与石面相黏。拓碑时先用棉布清洗，再用白芨水覆上宣纸，然后耐心等待至将干未干之际才能揭下来。这火候全仗拓碑人的经验。图为拓碑过程中等候宣纸再干一点泛出白来。

耕养草堂有青石碑匾一块，曰：不波。取“古井不波”之意，喻指自己心境沉寂，不会因外界影响而情感波动。碑匾上附有一段井边小记，一个叫仄园的清人勒字，大意是隐退至此，置一小园，重浚了老井，以庄子之语自勉。图为在耕养草堂拓《不波碑》。

拓碑间隙，也会拓些刻石。朱贵祠钟塔边有青石，两巴掌大的样子，线条清晰流畅，人物交叠有致，面部丰朗，似是文庙里的残石。无文字款识，看气息似宋代人物，看线条有明代特征。同去的几个人谁也说服不了谁，听着争议，想着历朝历代的那些事儿，恍惚触摸到那超脱于庸常生活的存在。

听说邻邑余姚有砖友藏存永和砖，欣然而往。并不起眼的旧宿舍楼里，名砖铺陈，暗室生香。永和九年的砖五种，完整，纹理精致，我欢喜得手心发痒。主人平时也拓朱拓，用国画颜料加朱砂调色，用具一应俱全。为了省时，我首次尝试两层拓法，宣纸两层同时覆上，捶刷之后，先在一层纸面上墨，揭起后在第二层纸上补墨，一试即成。图为越雅轩所藏永和九年砖。

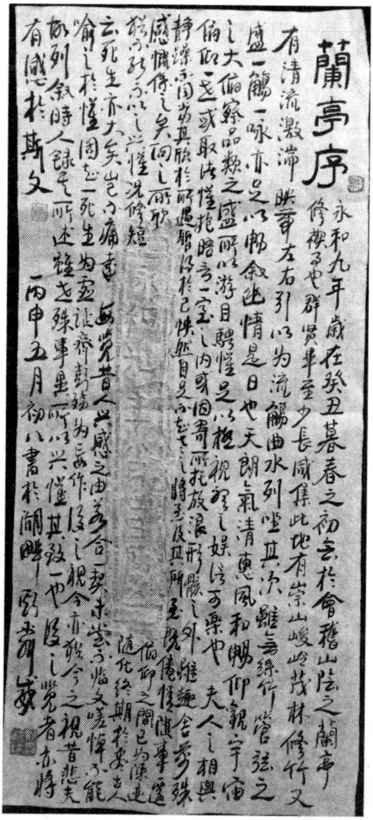

拓回来的永和九年拓片，一一赠了有缘人。一张赠平闲堂主人（即浙江美术馆原馆长斯舜威），他好格律，尚手札，常与友人诗书唱和。逢我的新诗集出版，我总会寄他一本，他也常赋诗以笺牍回赠一笑。永和九年拓片，平闲堂主人信笔书了一通《兰亭序》，颇为相得益彰。

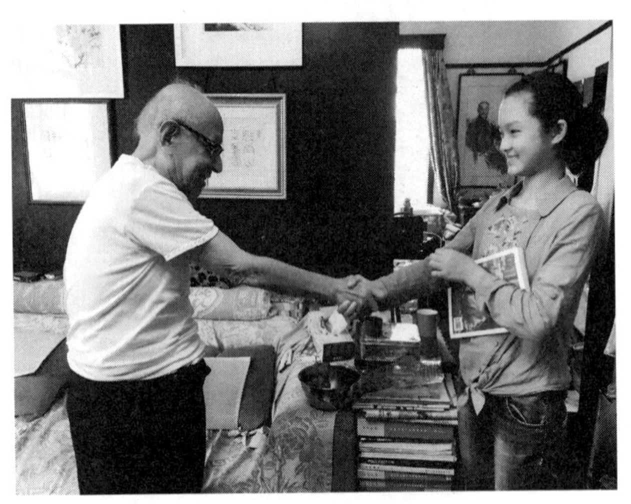

高式熊先生祖籍宁波鄞州，后居上海。我多次携小女前往拜访，写福字或求刻书斋印、题书斋名等。彼时先生精神矍铄，走路不用拄拐。许是年事已高缘故，先生站起来与我家小女齐高。一老一少相谈甚欢，年隔八十岁，金石志趣成了共同语言。墙上挂着先生的手书：如南山之寿。

乙未年（2015）九月，慈溪市伏龙禅寺举行纪念抗战胜利七十周年暨弘一大师诞辰一百三十五周年活动。浙派古琴传人郑云飞先生携夫人访伏龙寺。是夜，先生着一席宽大的细麻衣，以清爽的双手弹一曲《良宵引》。适逢望日，月朗风清，诚然忘机。琴有金属之声，音色下沉，清而不散。传为宋代洗耳琴，曾用名“枯木龙吟”，仲尼款式，面杉底梓，琴面满布小蛇腹断，兼有牛毛、冰纹、梅花断。

人到中年，越来越喜欢寡淡的物事，比如秘色瓷。“九秋风露越窑开，夺得千峰翠色来”，我乡越窑青瓷，只一色，从花花绿绿中提炼出素净和高贵。某年冬旱，上林湖瓷滩水位下降许多，每逢周末我都要拖夫带女去捡碎片，偶尔能发现精美的瓷花碎片。

喜欢吴昌硕所治“明月前身”。小篆入印，中有界格，多有文字突破内栏，不为所限。缶老印风多狂放，此等曲致婉丽的作品并不常见。一面侧款刻有女子背影小像，衣袂飘袅，乘风归去。另一面侧款刻：“元配章夫人梦中示形，刻此作造像观。老缶记。”顶款纪年：“己酉春仲客吴，老缶年六十有六。”缶老章夫人少年失散，生死相隔，此印为缶老六十六岁再度与夫人相会于梦中后所治。刻此印时，缶老悲不自胜，含泪奏刀，多次停刀。

台州三门县的一个城隍庙发生火灾，房梁木头都被烧焦了，梅法钗院长把烧焦的木头拉了回来。木头成灰之后是什么？人死之后呢？一个雕塑家，试图用艺术的方式表达自己对终极问题的思考，把毁损转变为艺术，从无生命的状态唤出新的意识形态，或是启示。图为梅院长（左）和朋友高国明在烧焦的木头上做拓片。（高国明供图）

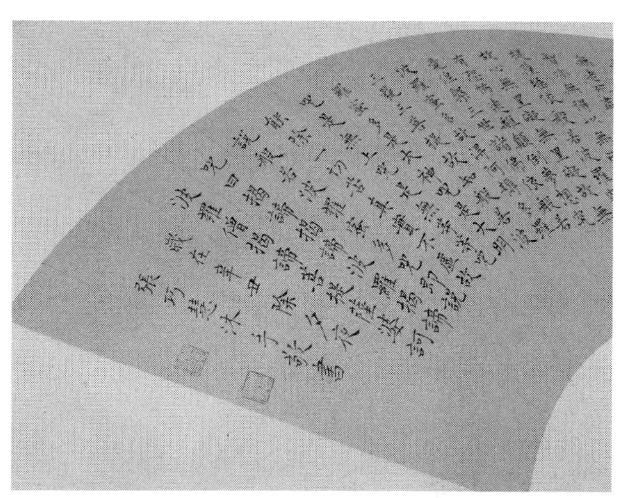

早年抄经，为的是研习书法。我挑的临本是道教《灵飞经》，清秀雅致，适合女子临习。后又临习佛教《心经》，爱其篇幅较短，历代书家法帖众多，常临弘一法师和溥儒的帖子。也有一次抄《金刚经》，未及一半便停笔了，犹觉太长而失了耐心。

城南，山下。一个四合院的南边，有矮墙与世相隔。雅士芳兄从洛阳移植牡丹八百株，只一色，白，单瓣，浓而不艳，艳而不俗。芳兄说牡丹是富贵花，寻常人家是舍不得剪的，更不肯赠与外人。却一下剪了五枝赠我，取五福临门之意。那年牡丹花开的时候，我正在抄《春江花月夜》。

灵泉寺万佛沟的摩崖浮雕塔林，有“小龙门”“中原莫高窟”之美誉。始凿于北齐，初成规模于隋，盛于唐贞观、永徽、显庆年间。太行余脉，石灰青岩，一侧是野木葱茏，一侧是墓葬塔龛。保留下来的石窟和塔龛有两百四十多个、佛像几百尊、高僧铭记一百多篇。此为第四批全国重点文物保护单位，是研究古代建筑史、石刻艺术史、佛教史的珍贵文物。

目录

第一辑　金石永年

第二辑　明月前身

第一辑

金石永年

拓碑记

这几年在艺术馆工作，有了机缘学椎搨之术。所谓椎搨，又称“拓”或“椎榻”，就是将纸平覆于金石器物，捶击或刷字口，再用拓包上色，以摹印其形状和上面的文字、图像等。所得即称拓片，多为朱墨两色。作为女性，我偏爱朱拓。但朱拓常用于拓砖或拓纹样，拓碑通常还是用墨拓。

拓片，是古代碑刻、铜器等文物的形状和上面的文字、图形的复制品，用时下的话说，是一种文化衍生物。宋代金石学兴起之后，拓片就成了金石研究的要物和文人间互赠的雅礼，恰到好处地从坚硬与沉默中取出柔软，柔软又不带脂粉气。接触金石碑刻，才知欧阳修不仅会写诗词，还是金石学开创者；李清照的词写得好，女人如我者常会沉浸在她的词意中顾影自怜，殊不知她和丈夫赵明诚被誉为金石学的代表人物，所编《金石录》，辑集夏商周至隋唐五代，钟鼎铭文款识、碑铭、墓志皆有所涉。我存有一套线装影

印本《金石录》，作者署名赵明诚。手指触到“宋”字，微凹，邈远的时间深处会有古老的东西微微松动。

学拓工，似有附庸风雅之嫌，但也颇有收益，结交了一群拓友，双休日常跟着拓友们四处访碑拓碑，在荒郊、野寺、宗祠，有时甚至是在一个纺织厂或废弃的杂货间中找到老碑。若是长假，则自驾小车拖夫携女往外省寻访。

访碑拓碑之事，古已有之。明末清初的学者中，已有通过访碑来录取碑文，或手抄，或椎搨。有的不仅访拓，还记访碑日记和画访碑图。中国石刻发展史主要有汉碑、魏碑、唐碑三阶段。碑林集中而公认最具影响力的当属陕西西安碑林和山东曲阜孔庙碑林。较之数量，西安碑林更多，以唐碑为主；若论名碑，曲阜孔庙亦不逊色，以汉魏碑刻为重。我多年前去西安时，对书法尚未痴迷，碑林中一过，走马观花般。依稀记得有《石台孝经》，唐玄宗李隆基作序、注解并书，太子李亨（唐肃宗）篆额，四面刻字，隶书工整丰腴，雕刻颇为华丽。也见到《曹全碑》，笔画圆润含和而内蕴精气，属汉隶精品。碑林博物馆内有唐代诸多名碑，如初唐虞世南、唐四家颜真卿、柳公权、褚遂良、欧阳询等皆有作品存藏。后来听说其中有高僧怀仁从王羲之墨迹中集字所得《大唐三藏圣教序碑》，再现右军秀逸的书风，唐太宗作序、唐高宗作记，又有玄奘写的心经。可惜我当时眼拙无知。

这两年效古人，携小女访碑。去了山东曲阜孔庙碑林，又去河南洛阳龙门石窟看《龙门二十品》以及河北正定隆兴寺寻《龙藏寺碑》，虽浮光掠影，也算粗粗领略了汉碑魏碑隋碑的一二风姿。

曲阜孔庙，读书人绕不过的地方。孔庙中碑刻众多，书法精美，构成足够的美学引力。前有露天碑群，北廊下有石刻，数以千计的历代碑石在不同的时间支流中支持一种哲学主张。大成殿前，一对夫妻正谆谆教导孩子磕头跪拜。御碑亭计十三座，南八北五，亭内存有唐至民国碑刻五十余通，多为皇帝对孔子追谥加封、拜庙新祭、派官致祭和整修庙宇的记录。这些碑，无论从哪个方向看，都有一种俯视感，暗含着一种教化。

一个人，身后有这么多皇帝褒奖，这么多碑亭刻石，以“立”的方式影响中国文化几千年。每座碑亭前后都有不倒的桧柏。川流不息的人群从这座碑亭走向另一座碑亭，头顶上，是交错的檐角，上翘，笃定。有秋虫在高处鸣叫，叫声很尖，很固执。

问了才知重要的汉魏碑刻已移至陈列馆，穿过孔府后花园就到了。观了《史晨碑》《乙瑛碑》《孔宙碑》《礼器碑》《张猛龙碑》……几乎都是中国书法史上的

重器。《史晨碑》的古朴，《乙瑛碑》的俊美，《礼器碑》的端庄沉雄，合称孔庙三名碑。尤其是《礼器碑》，素来被业界认为学汉隶最宜由此碑入手。《张猛龙碑》则被誉为“魏碑第一”，开启初唐楷书之门户。

小女很快理解了碑的结构，完整的碑包括碑额、碑身与碑趺，碑身又分阳、阴和碑侧。《史晨碑》有前后，却没有碑额。而在十三碑亭的碑大多有碑趺，以龙的儿子赑屃驮碑，形状似龟，她喃喃自语着，大概因为那是御碑排场大吧。继而她又发现碑有圆首、方首之分，少数还是尖的，即圭首碑。陈列馆工作做得细致，碑刻边上均有文字说明，小女又总结说汉碑大部分在碑额处有个圆孔，称为“穿”，还有圆弧形的弦痕，称为“晕”。比如《孔宙碑》就是碑的圆首有穿。《孔宙碑》是颂文，碑文价值并不大，但书法精美。中国二十世纪七十年代出生的这一代在小时候大概都读过“孔融让梨”的故事，孔宙就是孔融之父。由此，我观《孔宙碑》似乎也多了几分亲切。可惜唐代之前善书者多不以书名，大部分汉魏碑刻不知书者姓名。

提及魏碑，不可不访洛阳《龙门二十品》，虽是民间匠人所刻的摩崖石刻，但用刀率性有别趣。康有为曾在《广艺舟双楫》称龙门石刻“皆雄峻伟茂，极意发宕，方笔之极规也”。据说当年周恩来总理在龙门石窟看到《龙门二十品》的拓本，大为惊艳，可惜随身所带钱物不够，又不肯收受赠与，遗憾地失之交臂。值国庆长假，我们从浙江慈溪出发，车行两千里，三十多个小时，因堵车还在服务区中耽搁一晚，好歹抵洛阳。拥挤在古阳洞口，据介绍其内有十九品，另有一品在慈香窑。隔着栅栏，顺着导游指的方向看，距离远，加之洞窟内光线不足，只见影影绰绰，无论如何也看不清，诚如女儿所言：咫尺天涯！石窟景区出口处的一面墙上有《龙门二十品》的放大制作，读之，内容均为造像记，多歌颂北魏孝文帝或为祈福祛灾超度而开龛造像。我曾在广州大自在山房友人处看到过原拓，端庄大方，刚劲质朴，是典型的魏碑体。然那回是初访，恐失礼，未及细观，寻思着再找时机携女儿上广州看。

隋朝虽短，书法碑刻甚多。被誉为“隋碑第一”的《龙藏寺碑》也值得一看。2015年秋，我们离开山东驱车往河北，恰有“青春诗会”的同学居石家庄，热情做向导，往正定县隆兴寺寻碑。碑亭小，就在院子里。阳光极好，古木参天。我们读了几块宋碑之后才找到，书体上的高古便立见分明。《龙藏寺碑》依然带有北魏的朴拙，虽是楷书但不失隶意，为南北朝与初唐的过渡风格，记载了隆兴寺的始建，被誉为“此

六朝集成之碑，非独为隋碑第一也”。阳光斜射，在碑上拉出深深浅浅的光影，那些文字历千年虽有风化，却依然可读可辨。小女在碑前拍照，阳光在她身上拉出了深深浅浅的光影。

名碑虽好，到底只能过过眼瘾。如今人们文物保护意识增强，有价值的碑基本已被隔离保护，“可远观而不可亵玩焉”，摸都摸不到，别提拓了。故我拓碑基本是在慈溪本地。备了一大堆工具，白芨粉、棕刷、棕帚、拓包、墨汁、朱砂、连史纸等，装备很是齐全。网购的拓包不够考究，常常使用一次就吸墨发硬，便四处请教拓友，自己动手做，外用一层丝绸使拓面细腻，里面加一层棉布略加吸水，中间夹一个光盘子使布面平整，最里面则是用保鲜膜封存的药用棉絮使之柔软有弹性。自己制作的拓包手感舒适，上墨时就比较得心应手。为了练手，我还网购了一小块翻新的刻石，又在石膏上雕字做模型。但每种石质皆有各自不同的特性，拓碑时的分寸把握也不尽相同，闭门家中的模拟实验到底是纸上谈兵。

恰博物馆的友人有意寻访县境内历代老碑，欲拓而集之，以备地方文史研究，我便跟着乱跑。慈城是慈溪老县城所在地，遗迹甚多，不乏碑刻。车子穿过略显狭窄的老街，两侧梧桐已有些年头，沿街二楼的窗户半掩着。地上有落叶，不时被风吹动。街很小，开一段，转入更小的刘家弄，至一个新旧参半的门楼。停车过天井，看到一老祠堂，宽敞，可以摆下十余桌。屋外写着“省级文物保护单位”，里面已挪作小五金厂的车间。

石碑在屋角，近两米高，砌在墙里，成为一堵墙略微凸出的部分。碑前堆着生锈的铁桶，装着金属的纤维袋，边上倚靠着一堆长短不一的铁棒。

一件件搬掉堆在碑前的杂物，一块清嘉庆九年（1804）的告示碑显露出来。内容涉及保产免役，碑脚部分因杂物侵蚀和地气潮湿，已经模糊。先用棉布清洗，再用白芨水覆上宣纸，然后耐心等待至其将干未干。这火候全仗拓碑人的经验，眼观、手触，是机器不能替代的。

屋里拓碑，宣纸干得慢，等了许久，纸面才慢慢泛出白来，接着才能用棕帚刷字口。拓工一般都配有大小两把刷子。大鬃刷是一个硬毛鞋刷套上棉布做的袋罩子，大面积敲拍时使用，小棕帚用来刷细节。这两年我拓的碑多，棕帚的切口已磨得极其光滑齐整。

工人们围观一阵觉得无趣，便散去，坐回各自的位置，继续制造螺丝钉。一枚又一枚钉子被定型、冷却，扔到一盒螺丝钉里面。机杼声里，拓碑的节奏略有点慢，一下一下像是敲着谁的骨头，像是与谁过招。金属很硬，宣纸很薄，一边是初级的工业文明，一边是式微的传统文化，充满着对立、穿越与并置的幻觉色彩。

想到“海枯石烂”这个词语。著名的先秦石鼓文，有的石鼓已没有字痕复归原石状态。秦始皇曾在峄山、泰山、琅琊山、碣石、会稽山等多处留下刻石，除泰山刻石残存数字，其余几处原石均已被毁。想到“毁”这个字，心中一紧。

我们把宣纸揭下来，工人们又迅速把原先的杂物堆在石碑之前。我回头时，看到那块碑露出碑额，竟像是个溺水的人。

而我们是一群在井里打捞星子的人。

自然也有不顺利的时候。有块明代陈雍的圣旨德寿枋，总不让拓。我们多方联系，保证不伤害到石碑，总算得到同意了。我们匆匆赶去，人人小心翼翼，国明兄出手，清洗、覆纸、刷纸、上墨……上墨也得分几次。先用干墨轻拍一遍打底，不能过重，否则容易漏墨。第二层墨色上去，字口已基本显露出来。岂料拓到一半，发生了一些事情，最终连前面做的工也白费了。

那天晚上几个人破例喝了点酒。

除了拓碑，也拓佛经，寺院也跑了好几个。保国寺有唐经幢，拓友曾去拓过三套。古镇鸣鹤普明寺有段塔铭，记录民国时期，该寺的当家和尚为人义诊而生闲话，决然挥刀自宫，原文是持刀割势血流如注。后年老坐化，肉身封于荷花缸内，三年不腐，状若熟睡，僧徒不忍焚化，连缸葬于塔中，并嘱人刻碑于塔基以记。这是一九三三年有记载的僧人逸事。亦真亦幻，亦正亦野，读来不胜唏嘘。这背后，有佛教地，有民间的，有庞大的约束和牺牲。

拓碑经历中也时有趣事。观海卫镇戎氏宗祠翻修整出一块碑来，把上面的石灰清理掉，惊喜地发现落款处居然是“山阴吴隐刻”，即把西泠印社的几位老先生吸引来了。吴隐虽是西泠印社的创始人之一，如此完整的手迹社中也不多见。不料等老先生们赶到，乡人已把碑砌入新修的墙体，还罩上玻璃，不能再拓，只能望碑兴叹拍照合影了。

再比如在耕养草堂拓得青石碑匾一块，曰：不波。取“古井不波”之意，喻指自己心境沉寂，不会因外界影响而情感波动。碑匾上附有一段井边小记，一个叫仄园的清人勒字，大意是隐退至此，置一小园，重浚了老井，以庄子之语自勉。如此，但凡我心有不平时，便学说一句“不波”，颇有自我宽慰和解嘲的意味。

访碑至青山、古镇、祠庙、伽蓝之迹，儒释道、宗族民生、闲情志趣，咸有涉及。古时传统，旧时风物，这些碑立在现实主义的场景之中，把时光并置在一起，把不同的主张和规则立在那里，把牢固性立在那里。我的一只手上是拓片，一只手上是手机；一只脚上是高跟鞋，一只脚上是绣花鞋，说不出谁更坚硬，谁更合脚。我们一边往前走，一边回头看。

看到碑立在那里。

石头是会烂掉的，但碑不倒。我身上有刻过的痕迹，你也是这世界的其中一张拓片。

2016年7月初稿

墓志、审美与日常

说起墓志总有些悲欣交集。墓志，一般指古时放在墓里的石刻，与现在所说的墓志铭并非同一概念。据考证，中国墓志始于秦汉，东汉时有墓砖、墓门题记、刑徒砖、画像题记等文字铭刻，视为墓志雏形。但汉代盛行墓碑，墓志尚未定型。魏晋禁碑之后，对立碑有了明确规定，官员的级别与墓碑形制相关。普通百姓为寄托对已故者的思情，转为刻墓志铭，埋入墓圹。墓志多为正方形，上下相叠，上为志盖，下为志文，刻录亡者生平事迹为志，后部分为铭，多以韵文抒情或颂扬，合称墓志铭。虽与死亡有关，见墓志难免生凉意，然因墓志中书法精品甚多，是书家临习之法帖，若得见原石或原拓，也是欢喜的。

我学书法几年，过眼墓志不少，各种书体皆有。晋代墓志几乎都是隶书，隋代墓志中隶书也多。行草墓志也不少，“宋四家”之米芾和黄庭坚皆有行书墓志传世。墓志数量庞大，精品众多，且在不断出土中。但因我只学楷书，所临习并不多，以魏志为主，如《崔敬邕墓志》《张玄墓志》等，皆是北魏年间刻石。《崔敬邕墓志》出土于清康熙年间，不久即毁，幸有拓本传世，书风天真有拙味。《张玄墓志》书法朴茂，结体扁方，用笔方圆皆备，既有北魏神韵又有唐楷法度。因清代避清圣祖玄烨之讳而改称《张黑女墓志》。原石亦久佚不存，有剪裱旧拓孤本存世。想来拓片在传承与研究之中，真正是功不可没。我有一友，术有专攻，近十年时间断断续续动手翻刻《张玄墓志》。我打趣说，既无原石，你完工后一落款，是要在书法史上留名啊！他接口道：我是琢磨着刻好之后多拓几张，或许还能充当一下原拓呢……瞧我愣在那里，他失笑说：玩笑，开玩笑的！

最早接触的墓志是《董美人墓志》，练小楷的人大抵都绕不开这本字帖。起初只注意技法，关注字的点画、承转、结构等，把字分解开研究。某日细读文字，内容竟极为凄绝。临写到那句“比翼孤栖，同心只寝”，不忍再临。据说是隋开皇年间蜀王杨秀亲撰以寄托对妃妾董氏之哀思。以美致哀，汉字表意之强大，令千年之后的我，平生出许多疼痛。

原石也是看不到了。拓本也极少。清嘉庆年间出土，咸丰三年（1853）毁于兵燹。去年岁末在上海博物馆看著名藏家吴湖帆的藏品展，看到了初拓本。淡墨，精美，黑底白字，把凄美与短暂递到眼前，展厅里迅速布满了凉意。初拓是很珍贵的，民间有传古代拓工为证明自己是初拓，每拓完之后，会把原石敲掉一小块。被拓次数越多越是残损。吴湖帆宝爱此帖，与原有旧藏隋《常丑奴墓志》相配，镌“既丑且美”印钤于其上，并广邀名流题跋，名噪上海滩。较之审美，墓志所携带的死亡气息，已不足为惧了。

近得《新出唐墓志百种》一书，见有韩愈、韦应物等文人所撰墓志，皆是楷体。韩愈为窦牟所撰之志用语严谨，但不带感情色彩难见其文采。窦牟虽与他亦师亦友，毕竟不是亲人吧。相比之下，《唐韦应物妻元苹墓志》情至深意至切，是韦应物撰文并书丹以悼亡妻。夫人元苹是鲜卑贵族，墓志全称“故夫人河南元氏墓志铭”，韦应物追忆夫人相夫教子伉俪情深的往事，奈何留下一男两女，长未适人，幼方索乳，一家哀泣涕咽，满目凄凉之景。“每望昏入门，寒席无主，手泽衣腻，尚识平生，香奁粉囊，犹置故处，器用百物，不忍复视”，真是“方将携手以偕老，不知中路之云诀”！这是一个男人对一个女人的情意，也是他的愧疚。元苹卒于官舍，可见家境清贫，如志中所言：“又况生处贫约，殁无第宅，永以为负！”半世贫贱夫妻，而今斯人已去，他再也没有给她幸福的可能和机会了！曾读过韦应物的《滁州西涧》，野趣横生，但几乎没有见过这位大唐诗人的手迹，此为第一次见，有褚体之风，结体庄重，笔画有力，可怜一笔一画用心至深。往后翻几页，同本书中亦有《韦应物墓志》，晚十余年，魂追夫人，后同葬少陵原，百年同穴。两人墓志于二〇〇七年出土，现存西安碑林博物馆。时隔千年，阅之依然句句摧心，痴男怨女，生离死别，厚地高天，叹古今情不灭。

而今我乡之丧葬已无墓志铭一说。火化后悉数葬于公墓，千坟一状，嵌一小照片。墓主的名字多为电脑体，已故者名字为黑、未亡人为朱色。雕花围栏，也是千篇一律的纹样。

我曾去北京八宝山公墓寻访一位故人的栖身之所。沿着骨灰墙一格一格寻，读了三千个墓碑，并没有读到墓志铭。后来终于问到了故人的编号，在一堵长长的骨灰墙中，他是其中的一个方格子，上面到底镌刻着几行词句，与同等级别的人享有同等大小的空间，成为墙上的一个编号。

也曾去北京万安公墓拜谒启功墓。先生那篇著名的《自撰墓志铭》镌于砚形墓碑的碑座上。按中国古制，墓外为碑，墓内为志。若在地面上撰文树碑，应称墓表，而非墓志。启功先生自然是深谙的，但不妨中西合璧与时俱进。多少人，如我等，生无所立，死无所寄。

“看到”本身就是一件悲伤的事。据书家考证，民国时期王之涣墓志惊现于古玩市场，有人想追踪保护这位大唐诗人的坟墓。然墓志既现，墓必已掘，盗墓者只记得是北邙山，北邙山上千坟万洞，哪里还能区分谁是谁！

拓墓志难忘的经历也是不少。有一回拓友来约，说城郊横河镇横山庙（原属余姚）藏有一块《徐立本墓志》，是明代状元王华所撰。说起王华的儿子王阳明，知之者众——明代大思想家、军事家、集心学大成者。我曾翻到一段他的故事，大意说某次王阳明与朋友同游，友人指着岩中花树问道："天下无心外之物，如此花树，在深山中自开自落，于我心亦何相关？"王阳明答："你未看此花时，此花与汝心同归于寂。你来看此花时，则此花颜色一时明白起来……"读到此处，内心竟也有明白之感。我如此津津乐道，还因为余姚是我外祖母家乡，我的童年便在姚北度过。巧的是，此墓志出土地点正是我外祖母家所在黄沙湖村。

据友人研究，该墓志石盖所用花岗岩，应是产自北京的房山石，与故宫所用石栏杆、御道同一材质，故推测此墓志是在北京完工后，由水路运至余姚。如此更勾起我的好奇。横山庙不远，半小时车程。庙在村后，背靠小山丘。庙内空旷，大殿门口系着旗幡，僧人仅两位。楼下改作村落老年活动室。许是阴天缘故，许是时近黄昏，整个小庙有阴森之感。老年活动室中寂阒无人，我望了一眼便退出了。

与僧人合力搬动墓志，放平。拓友便开工。全文千余字，小楷秀挺精到，一看便是出自行家之手。有趣的是读志，撰文、书丹、篆额者均是京官。明代姚籍京官人数颇为可观，不说王家，便是墓志主人徐家

的五个儿子亦都为官，墓志中提到了“捐纳”与“大明会典”等事，可窥明史之一斑。僧人们闲聊几句便回房去了。屋中只剩两人，静得能听到风吹幡动的声音。一盏白炽灯，半开着窗户。覆上宣纸后，等水分蒸发的时间尤为慢。我们翻出个电风扇斜吹纸面，以期加快速度。因为要送女儿上夜自修，我先走一步，估算了时间，约了八点半再去接拓友。不料七点左右，友人说快拓好了。赶去接他，正在收尾。宣纸略有点皱，中间有字破损。原来拓友一人留下拓墓碑暗觉阴森，便顾不得完美，匆匆赶工了。看他一个大嗓门爷们儿，已拓墓志不下数百张，素无禁忌，竟也有心虚的时候。

慈城的朱贵祠，是当地一个文保点，藏有不少明清墓碑与墓志。看门的是位老爷子，六十岁出头光景，对内院看顾得紧，我们是因文保工作才得以进去。内院里种了好些作物，玉米秆子盖住半个石人，石马躺卧在草丛中。鸡鸭们从石翁仲的衣摆下穿过，四处觅食。墓碑沿高墙排开，有靠在墙上，有躺在地上，都在露天雨打日晒。当然石头也要呼吸，要接地气。就怕天下酸雨，想到“腐蚀”一词，心中又是一紧。问看门人，说正筹建陈列馆，全要保护起来。不敢多问，怕被人赶出来。同行高兄学过裱画，拓碑有一手。若是天气好，一天能拓六七张之多。爬藤，荒草，死去的香樟，在残碑之前，莫问亡者名姓。高兄臂力了得，拓包拍在石板上，“嗵嗵”作响，仿佛与什么做某种悠长的呼应，又仿佛是要把谁唤醒。

我是初学者，把握不好火候，有时纸面起皱，有时漏墨，有时宣纸与石面相黏。阳光烈的时候，看门人会把他老伴的草帽借我戴。他总捣鼓些金属片，切割成大块大块，打几个孔，用铅丝穿过下到河里，半日光景就会有许多螺蛳吸附其上。酱爆螺蛳是本地颇受欢迎的家常菜。看门人让老伴赶夜市补贴家用。一次我们离开迟了，见到他老伴，还剩几斤没卖掉。她的手浸在水里，用老虎钳一个一个钳掉螺蛳的尾尖。壳有点硬，钳下去，有脆响，不规则的破裂，类似的肠脏一起掉落。这声音小，却又在拓碑声中突显出来，有些惊心。那边油锅正“吱吱”地响。走过去，一握老妇的手，掌心全是裂纹，而我的十个手指，都是墨的黑。

拓碑间隙，也会拓些刻石。有青石，两巴掌大的样子，线条清晰流畅，人物交叠有致，面部丰朗，似是文庙里的残石。无文字款识，看气息似宋代人物，看线条有明代特征。几个人谁也说服不了谁，听着争议，想着历朝历代的那些事儿，恍惚触摸到那超脱于庸常生活的存在。

慈城连着去了数趟，从夏持续到秋。最后一次去朱贵祠，秋已深了。院子里的两株银桂落花满地。及黄昏，在另一边的墙下发现了《冯君木墓志铭》。撰文陈三立，书丹者钱罕，刻石者王开霖。门人童第德、

沙文若（即沙孟海），皆是民国时期风流人物。曾在网上看到过初拓本，要价不菲，亲眼见到墓志，依然惊艳。楷书有魏碑之意，端庄凝重，一派典雅气象，虽不能与《董美人墓志》媲美，也不失为书家习字之法帖。如此世家望族仅余残碑一块没于墙垣杂草之中，不免令人唏嘘。

记得画家吴昌硕和词人况蕙风临终前均留下遗言，请冯君木来撰他们的墓志铭。而今冯先生墓志就在眼前。我们交出灵魂，交出肉体，相继成了尸骨无存的人。

彼时夕光斜照，桂花犹香，忽然想起“不见五陵豪杰墓，无花无酒锄作田”。那么，先生，墓志既拓，且让我微鞠一躬。

2016 年 7 月初稿

永和九年

是一块砖。墓砖。晋永和九年（353）的墓砖。

重心在永和九年。永和，是东晋皇帝司马聃（晋穆帝）的年号，共十二年。永和九年上巳节即三月初三，王羲之与谢安、孙绰等四十余人，在会稽兰亭举行禊礼，饮酒赋诗，酒杯顺水而流，停到谁的面前，谁便即兴赋诗，有曲水流觞之美谈。事后将作品结为一集，由王羲之写了《兰亭序》总述其事。

纪年墓砖本是寻常，古来有习惯在墓砖上烧制出年份以记载墓主的去世时间。而永和九年的墓砖，因为那次文人雅集和那篇《兰亭序》在诸多的纪年砖中凸显出来。学书法的人都知道王羲之的《兰亭序》，以文质兼美和高超的书法艺术被誉为“天下第一行书”。众人爱屋及乌，甚至连永和年间其他纪年砖的身价也有所提升。

慈溪一时寻不出完好的永和九年砖来，选拓些汉砖吉语：万岁不败、君宜高官、阳燧富贵……也拓纹样，如泉文、螭龙纹。触摸过死亡的美，散发出无与伦比的

气质。逝去的时间和人名成为文化的装饰。基本是江南出土，东汉以降居多。听说当下业界玩的多为浙江砖，质地细致精密，大小恰好，也宜改为砖砚、壶承、花插等。我是近水楼台了。

抒情或叙事，几乎没有比墓砖更黯淡又更灿烂的意象了。最早的墓志，是起于汉代的刑徒砖，望文生义，是犯人死后用以记录其名籍和生卒年月等内容的刻划砖铭。拓的时候，难免会想它是谁的替身。翻出囤的老纸，拓砖，像一个用刑的人，整张的，半段的，一角的，各种构图与尝试。很多个夜晚，我一个人在书房，摸着墓砖，反复敲打这上千年的老骨头，拓出它的肌理和被囚的话语，仿佛我敲一下，就有谁在遥远的深处喊一声。

闻悉邻邑余姚有砖友藏存永和砖，欣然而往。并不起眼的旧宿舍楼里，名砖铺陈，暗室生香，永和九年的砖五种，完整，纹理精致，欢喜得手心发痒。主人平时也拓朱拓，用国画颜料加朱砂调色，用具一应俱全。同行拓友看中一块唐碑，在外屋上纸。我在里屋把砖一字排开，准备大干一场。为了省时，首次尝试两层拓法，宣纸两层同时覆上，捶刷之后，先在一层纸面上墨，揭起后在第二层纸上补墨，一试即成。听他俩在外屋研究墨色深浅，我已把最好看的蛇形文字砖拓了两遍。拓友那次发挥失常，白芨过浓，第一拓无法撕下纸来，哇哇哇在隔壁大叫。窗外有冬雨，这个夜晚深具脱俗意味。茶过三巡，一数，竟拓了十余张。

聊起永和九年的砖，品相好的，数千大洋，是普通纪年砖的十数倍。当年烧制墓砖的人必没想到，千年之后，这个年份在时间的长河中独立出来，成为一个人文与审美的高地。那时，北方是五胡乱华，南方是曲水流觞，真是鲜明的对比。战争的残酷摧毁不了人文之美。遥想当年，暮春三月，群贤毕至，他们会于会稽山阴之兰亭，长袍舒袖，执笔举杯，修禊之礼，斯文之事。一场曲水流觞的美感持续了一千六七百年，还在继续。可惜《兰亭序》真迹已无存。但永和九年的砖还是晋代那年的砖。最完整的一种，砖文与《兰亭序》首句一致："永和九年，岁在癸丑"。价格已是数万了。有时候想，人们对于《兰亭序》的推崇，恐也不尽然是因为书法之美，也许更因为每个人内心深处都有着对那种优雅生活的向往，都渴望着那种建立在学养、修养之上的从容与自信。

不久前与一美籍华裔教授做了个访谈，谈到故乡是非地理性质的，故乡应是最容易引起人共同回望的地方，可以是一件事或一个年份。"永和九年"，成了历代文人墨客共同的故乡。这种偏爱，并不止于书家。美的辐射与想象，何其盛大。

"玩物丧志"渐陷渐深，趁在中山大学培训的机会，我请假半天，同几位砖友至广州煮书楼看永和砖拓，永和元年（345）至十二年（356）的，足有一百六十多种。现有据可考的永和九年砖约四十种，煮书楼存有三十种

之多。一饱眼福，乐不思蜀，我们还拓了永和九年砖砚。几位砖友兴致未艾，又驱车造访羊城大自在山房，我们从地标“小蛮腰”出发，穿过城市的繁华和暮色，驶过珠江，去看更多的墓砖。

最欢喜的是得了汉富贵砖拓片。砖文二十四字曰：“富贵昌、宜官堂，意气阳、乐未央，长相思、毋相忘，爵禄尊、寿万年”。先人们把红尘种种割舍不下之记挂，悉数都铭刻于墓砖之上，以期旺子益孙。据说此砖出土于四川，乃汉砖代表之一。我所得拓片是民间藏砖所拓。馆藏砖藏于重庆博物馆，文字略有不同，其中“乐未央”为“宜弟兄”。后来我赴重庆领诗歌奖，特意去寻。博物馆内有展厅专题展呈丧葬文化，大量的汉画像、陶俑和石阙。想起网传的山西高平古墓中惊现的朱砂字迹：“墓有重开之日，人无再少之颜。”观众不多，一个人在墓砖与棺椁间走过，听到了自己的脚步声。

煮书楼拓回来的永和九年拓片，一一赠了有缘人。一张赠平闲堂主人，他好格律，尚手札，常与友人诗书唱和。逢我的新诗集出版，我总会寄他一本，他也常赋诗以笺牍回赠一笑。一次去他办公室议事，发觉发票签字，他亦使用毛笔，不禁莞尔。

另一张赠了问梅仙馆主人。问梅仙馆黄兄是我乡书画收藏家，相貌一般，眯缝眼，肤色略黑，平素话不多，养了只鹅逗着玩。酒后易脸红，会讲些收藏界趣事，高兴起来，还会挥毫在自家墙壁题诗抒怀。我第一次去问梅仙馆，是在冬季，跟美协的一群朋友去看传苏轼的《偃松图》。虽说是否是苏轼亲笔也有质疑之声，但大部分朋友以为非苏轼那样的大才子不能画出那种气场来。可惜已经脱手，只留下存念的高仿卷。他们在堂屋看明代沈周的画，我溜到后院折梅花。馆中老梅据说是元朝的，是慈溪小县城里最老的梅树，树前竖着一块碑，黄兄题了字：香魂。

第二次去已是隔年春季，为商谈问梅仙馆的历代名家书法展。彼时问梅仙馆所藏古代书画刚在浙江博物馆做过展览，我所在单位也想趁热在本乡一展为快。与朋友登门拜访，穿过天井，早樱正落花满地，风过，花瓣飘飘扬扬缓缓而坠，不免令人痴了过去。吃了茶，谈了正事，便看他新收的一幅祝枝山的长卷书法，无款，然凭多年经验，考为真迹。我俩也好此道，不舍放手，主人家便笑道："喜欢你就拿去，看完再还回来。"我那朋友真往怀中一藏带走了。

展览颇为顺利。后来又有几次小聚，席上常有趣闻。一次是他的徒弟说起厂房扩建，掘到古墓，看到了墓砖的纹饰，拍了照片给我们看，问如何处置。黄兄便反问：你缺钱吗？不扰先人是最好的保护。后来听说已经把墓封住，百年内应不会再重开。我方才有点追悔，没来得及拓一张拓片嘛！又有一次，说起上次看阅的那幅祝枝山书法，已经转卖他人。因问梅仙馆有两幅祝枝山手迹，另一幅是有款可考的，所以把

这幅无款的过手了。不想成交之后，在《中国古代书画图目》中查到这幅作品竟曾是首都博物馆收藏之作，后退赔流落民间。如此有来龙去脉的藏品，拍卖价可在三千万元之上。黄兄笑着说："一下损失三千万啊，这事你们不可外传，以免我被人笑话……"众友哈哈笑着一碰杯。

美如何一再击败恐惧，这墓砖上的偈语，不是反复敲打所能逼问的。许是拓砖过度，今年初春我的手腕竟长了腱鞘囊肿，用力便疼，只好歇手。如今已近半年没有拓碑拓砖了。平闲堂主人刚发来一张图片，他在永和九年的砖拓上默写了一通《兰亭序》。问梅仙馆主人也曾说要好好写一段长跋，不知现今如何，且容一问。

2016 年 7 月初稿

印趣

一晃年近四十，说不惑，却更惑，时常遭遇不学无术的窘迫。有友拿来枚印章，说闲情共赏。然印面十个字，我只辩出一个。汗颜无地，旋被他定义为“高级文盲”。这个概念，后来在某次读书会上，我做了转述，大抵是现如今不能以旧标准要求自己。当下不识字者已少，然而虽识字，站在一幅书法前，却不知鉴赏，不懂审美，是为“高级文盲”。此话甚有杀伤力，说出后，场内有几秒钟静得让人不安。

发奋图强地买了半书柜印谱，诗也不读了，画也不画了，为让自己脱离“高级文盲”之称呼，我埋首故纸堆，又整了一堆篆刻工具，狠补。

治的第一枚印是“自锄明月种梅花”，仿韩登安印。明清以降，印章渐趋文人旨趣，闲章甚多。一看印文，就易犯痴。普通的青田石，用粗砂纸细砂纸磨上几遍，打了反篆底稿，用复写纸印到石面上，两天就完工了。草草画了枝墨梅，落款，钤印，喜滋滋发博客上了。不日，书协的朋友来访，观我的印章很是吃惊：第一次就能刻这么好！便问刀法。我蒙了一下子，使刀给他看，又被人家笑话。那不是篆刻，顶多就是刻石头。篆刻有刀法，于是他示范了何为冲刀，何为切刀。每一门艺术背后都有渊源与传承，从日常到美学并无捷径可言，我怕是难以自学成才了。这第一枚章，虽不得法，毕竟是处女作，偶尔拿出来自我欣赏一番。不料一次出差回家，发现书房中已被动过，一问，说是女儿在捣鼓，再一翻，小丫头已把我的印章糟蹋了。为保护她的探索积极性，真正敢怒不敢言。

印人都爱青田石，硬度最宜篆刻。纯质的封门青，稀少，价高，若是质纯无裂的灯光冻，甚至价抵一套房子。芙蓉似玉人，青田类寒士，我偏爱寿山芙蓉，润，白，尤其是老芙蓉，褪了火气，沉静，握在手里就像握着一个有灵魂的东西。但凡遇到老石头，便会给丫头把玩，晚上睡觉塞一枚在她手心，让她记住这是青田的质感、那是芙蓉的质感。至于其他如鸡血石、象牙等材质，总觉惨烈，每人的审美取向不同罢。近年新开采的印石，不少是炸出来的，石内有格裂，明着看不出，时间久了容易有裂缝。国外来的石种也多，让人忧喜参半。

圈子小，怪人却多。有一兄爱石成痴，看到苏东坡的人生赏心十六件乐事，大抵是“清溪浅水行舟、微雨竹窗夜话”之类的，他就坐不住，请了圈里十六位印人，每人一句，基本是王福庵一脉的弟子，隔段时间晒一张图，直让人眼馋。惹得我也被传染，刻不好印，画了个老头看荷花，题了个款：花坞樽前微笑。

无独有偶，另一友在浙江美术馆供职，一日酒后起兴，遍集词牌名，请诸多印友勒治，拟做一个词牌篆刻展。陆续见到各地印友为他刻的词牌：《水调歌头》《武陵春》《汉宫秋》《采桑子》《南歌子》等，方寸之间，既见汉字线条之美感与艺术之布局，那些有故事的词与音律也被重新触动。今已有八十余方，待积百方，拟邀全国书画名家创作不同词意作品，配套作词文化讲座。易安居士若是地下有知，想必也是要填词几首助助兴的。

有怪才者，不刻石，却雕翡翠玉石，都是自己设计的图纸，连家具也是自己设计的。我有一回去造访，他翻出设计稿给我瞧，说明清家具已泛滥而俗，他从唐宋古画中观察家具的造型，自己画了图纸，找人打造，用的都是上好的红木。又在云南和慈溪造了三个类似的园林，问他为何要建造得这般相同？他说，如此，不论身处哪个园林，都有回家的感觉。

还有一怪人，几次要我给他写篇赋概括其生平，说要赶在生前请人治成印章，以备作墓志铭，颇有向死而生之从容悲凉，又有未雨绸缪之独具匠心。前一阵子，我陪母亲体检，自己也顺便验了血，不想有一肿瘤指标竟超标近两倍。家人慌忙百度查询，网上说翻两倍的危

险率是百分之九十八，母亲红着眼睛逼我去上海复查。我竟也不甚慌乱，一夜未眠作了思量，翻出两枚最喜欢的印章，想拟个遗嘱留给女儿做结婚礼物。红尘滚滚却又如此寂寥漠然，终点总在那里。好在体检结果均好，虚惊一场。而审美对心灵的安抚，仿佛是一种补偿。

第一枚有意思的印章，是辗转而得的高式熊老先生所治闲章，先生今年九十六岁，算是西泠印社的长老辈了。却被另一印友相中，找了枚叶潞渊的印章来换，是叶为张鲁庵所治印章，文：清河。所谓“天下张姓出清河”，谁让我是张家人，毫无抵抗力。叶、张都是西泠印社早期会员，一个是篆刻名家，一个是印坛通人，以收藏、临仿明清两代名家印谱闻名于世，还创制“鲁庵印泥”。更巧的是张鲁庵是慈溪人。信息量庞大，各种脉络牵系。适逢我手头有一唐碑拓片，正是记录张府的，文中提到清河郡。如此钤上“清河”印，颇为相得益彰。

钤印是学徒活，也是技术活，讲究虚劲。轻手扑印泥，如风行水面，似重实轻。印泥也有讲究，老印泥更是金贵。逢到有人吹嘘自己是著名书画家，留心观其印也可识别，若是印章粗陋，印泥火气重，而钤印后不拾掇者，大多是冒牌的。

交换印章后，心中患得患失。得知高老故里是宁波鄞州，便央鄞州的友人带我去访。高老现居上海，我携小女一同前往，求刻书斋印。高老精神矍铄，高额头、高鼻梁，戴一副深色框眼镜，走路不用拄拐，许是年事已高缘故，站起来与我家小女齐高。一老一少相谈甚欢，年隔八十岁，金石志趣成了共同语言。墙上挂着高老自己的手迹，橱柜里摆着些照片，书桌上搁着常用印，一枚朱文“高”字，一枚白文“式熊”。时近中秋，高老兴致勃勃地与大家分食月饼，又在新出版的传记上题签相赠：一上一下钤好名章，撕下一角单宣，稍作按压，用指甲背刮一刮，合拢扉页笑眯眯递过来。沙发边搁着一沓《宁波晚报》，让人心中一热。午饭后先生也不肯休息，拉着我们聊，盖因我们是家乡人吧。临走，他送到门口。小女与他握别，相视一笑。走出远了，还在想墙上的篆书“如南山之寿”，是先生年九十高龄时手书。近闻高老抱恙，不免心中记挂，问了先生身边人，说身体无碍需静养，倒是不敢冒昧叨扰了。

拓边款是后来的事。藏家们一般会把所藏印章钤印在连史纸上，连同边款制成印谱，既是资料留存，也是雅事可供吹嘘。但拓边款与拓碑是两种手艺了。我有阵子下乡挂职，村里有位书协会员入过全国篆刻大展，边款亦拓得不错。于是我常以访本地艺术家之名行拜师学艺之实。此后又拜过几个拓边款的师父，还学拓扇骨。有一位师父用棕帚刷之前，会先刷刷头皮，据说头皮的油脂能减少棕帚与纸面的摩擦，防止纸张破裂。我是头发长见识短，一点不愁油脂，却无厘头地担心他的头发会越刷越少。

某次观展，看到一印屏，以汉砖拓纹为装饰者，甚美，玩拓片的另一种美学营造，当然前提是要有好印章。我顿生灵感，无论如何要把边款拓好，那些个谁谁谁便会自动送好章过来央我拓，佐以我去年留存的砖拓，岂不美哉？想着，不禁飘飘然，似乎已是身怀绝技之人。

2016 年 7 月初稿

一曲微茫

我的第一张琴，是扬州的。“邗上春风·书画名家画运河”活动的限量琴，伏羲式，老房梁杉木，琴师姓胡，年纪不大，但有家传。据说韩国现代美协主席及我国香港、台湾地区美协主席等皆有珍藏。琴师把自留的样琴给了我。

学古琴也是为了附庸风雅。人到中年，越来越喜欢寡淡的物事。比如说，从前觉得唐三彩浓郁，充满热烈的生活气息，后来就喜欢秘色瓷，我家乡越窑青瓷，只一色，从花花绿绿中提炼出素净和高贵。前年冬旱，上林湖瓷滩水位下降许多，每逢周末我都要拖夫带女去捡碎片，捡了一堆壶嘴，挑釉色好的给男人磨烟嘴。再比如古筝，二十一弦，一弹就是满室铮铮，烘托气氛倒是很好，但太具表演性质。年岁渐老，已无需再表演与谁看，只愿三五知音清谈，或者独坐，无话。古琴七弦，不多也不少，音低，略悲，想说的都在了，又不拘节奏和音高，由着自己随性随情。有一年大雪，与琴友跑到上林湖畔，抱一张膝琴，在枯掉的芦苇边枯坐。两岸茫茫，雪茫茫。

教我琴的，是浙派郑云飞的弟子，居慈溪。听我置了新琴，主动说教，我不用付学费。想到去异地拜师也费事，我就欣欣然接受了，从此便自诩郑云飞先生的再传弟子。郑先生年近八旬，已不再收徒。去年初冬，师父携师母访慈溪，黄昏至伏龙寺。同门一聚，师父亲为指导，宽大的细麻袖子，清爽的双手，弹一曲《良宵引》。适逢望日，月朗风清，于山寺抚琴，长箫合奏，诚然忘机。郑师之琴有金属之声，音色下沉，清而不散，是有些年代的古琴了。

斫琴最好是桐木或杉木，且越老越好。寺院中的老木头是古人公认的最好材质，梵唱钟鼓养出世之音。我有关联癖，拓碑时看到纹饰和文字就想拓一个，练琴时看到老木头就想搬回家。一次去捡瓷片，途经一小寺，正在翻修，门口叠着不少老杉木，我便一个劲找当家师父，想问他如何处置。师父不在，无人做主，只好作罢。

南方寺院历史悠久者众，寺中的老木头是斫琴的好料子。去广州出差时看砖看拓片，也去看了传说中苏东坡题名的六榕寺。去时黄昏，大门已关，侧门半开，数来数去只有五棵榕树与一株菩提。花塔应是六榕塔，正在修护，未能一睹真面目。

晚课已过，寺中寂阒。六祖堂前，一个僧人正低头看花，榕树高大的树冠撑开来。两个僧人错肩而过，笑而不语，拂动的僧袍生出静意来。

六榕寺南朝建寺，历经多次重修重建，如北宋、明代和清，每重修都会动用一些木材。宋代的，或是明代的老木头，以旧为贵。坊间有传中山大学藏有一张李息斋所制古琴，琴背有字记载重修六榕塔的事，告诉后人这是当时六榕寺拆下来的木头所斫之琴，做了还不止一张。我尚无缘分摸一摸中大那张藏琴，倒是机缘巧合见到另一张琴的拓片。

访六榕寺次日，免胄堂王兄来访。他刚完成两张古琴的初拓。没经受住诱惑，走一段路坐公交又走一段路，我吭哧吭哧爬了六楼，心甘情愿跟他回家。屋小，双琴初拓图，把整个广州的车水马龙隔在界外。

有的美是不表达的，不完整的，是借于想象完成的。

寒碧，塔影，两张琴。雾面，火气褪尽，如空中之音。“寒碧”为仿明仲尼款，有数行小楷琴铭。王兄说，琴的主人是岭南收藏界一位 70 后朋友，其中“塔影”为新得，残损得厉害，在修补之前嘱他拓下来。读主人的题铭，大意是先得李息斋斫的寒碧琴，知与中山大学所藏遗琴是姐妹琴，俱是羊城六榕塔之宋材。今春（癸巳年）又得一张，琴形如浮屠九叠即六榕塔影，宋塔四材得其二，琴缘之奇有如斯者，如此云云。

我等不懂鉴古，不做考究，但觉清贵。

椎搨之术也分浓淡。碑重，拓碑常为“乌金拓”，层层上墨，直至油黑发亮。而拓琴，则是“蝉翼拓”，使淡墨，极淡，淡中分出层次，透如蝉翼而丝毫毕现。

拓片所还原的琴无限接近于琴的原型。

一张残琴。落霞式。素弦已卸，岳山已腐，琴面皆是断纹。陈年的木头，沧桑，残损，完全的静。

静，也是一种发声。陶渊明弹无弦琴被称为文坛必知十五典故之一，还入了数本史书。《宋书·陶潜传》津津乐道说："潜不解音声，而畜素琴一张。无弦，每有酒适，辄抚弄以寄其意。"我今也学陶潜痴狂，在拓片上抚琴，触摸时间的尘埃和断裂、逝去的风物和年华。

喜欢陶渊明的诗，田园之归，逃名世外，探寻着一半儒家一半道家的生活哲学；也喜欢无弦琴的故事，无声时更为空旷。

甚至，不需要琴本身。

一念念及琴，琴就在了。

于我而言，这两张琴究竟是宋材还是明材，究竟是谁所斫，并不是事情的核心。审美，如一场莫大的诱拐。枯荷、残枝、碎瓷，也有自身的含蓄和美。琴已上升为一种象征。

平庸的生活里，复制艺术也算是艺术。家中的琴，也拆下拓过一遍。琴铭清晰，但没有光阴之重，火气不褪，自然拓不出那种味道。我心里惦记着郑云飞先生的那张琴，思忖着如何忽悠先生能给拓一个。

人与琴也是讲缘分的。某次我去杭州办事，恰郑云飞先生的入室弟子有时间陪同前往，便相约拜会郑先生。车至海潮路望江门，步行穿过一条窄弄，左转，推开一栋老公寓的铁门。先生家住二楼。四面都是高楼，唯此处尚未拆迁。敲门而入，两居室分割成多个小间，家具、书籍、杂物甚是拥挤。桌边摆着一束鲜花，是前阵子郑先生与夫人金婚时郑门弟子所送。后梢间隔出半间书房，中央置一琴桌，墙上挂着三张琴。房间里挨挨挤挤，我们真称得上“促膝相谈”。

可惜上次听的琴不在，先生郑重取出另一张琴。琴背有字，篆琴名为：“云磬”，嵌入先生名字。龙池两侧有题句：右为“和润而幽远，清厉而静逸”，是言此琴音质；左为“云中之神磬，沁心以齐德”，寓高远养心之意。下有印款：听涛琴馆。听涛楼是郑先生年轻时取的斋名，沿用至今，其实根本不是楼，连斗室都称不上。那时他在电厂上班，寄居在人家一栋小楼底层的厨房间里，一米八多的个子在一小床上蜷曲睡了十多年。楼外不远就是钱塘江，常枕涛声入梦。琴铭刻得一般，刀工较碎。让我感兴趣的是槽腹中的铭款。制琴有旧制，斫琴者常在制作过程中于槽腹的纳音两侧刊字，待成琴形后比较难仿冒，可作鉴定的依据之一。铭款为隶书，结体端丽，出锋有力，两侧皆有字。用小手电探照可辨，是徐原白（新浙派古琴代表人物徐元白早年曾用的字号）为一位周姓人士所斫，斫琴年份是癸亥年，推算出此琴年纪近百年。右侧铭字“宋建海昌西寺梁木”。据郑先生讲是当年

海昌西寺重修，元白公以新木材与寺院置换宋代的老梁木，精斫十二张琴，这是其中一张。据说另有一张在上海音乐学院，有两张在其他徐门弟子手中，余下几张有的在中国台湾，有的流落海外，暂无详情可考。

后与西湖琴社徐君跃社长（徐元白之孙）联系，说起南京博物院也有一张藏琴，依稀记得款识刻着“元白公制”，南博的工作人员初以为是元代一位叫“白公”的人所制，推想也应是出自徐元白之手。我是首次目睹元白公所斫之琴。琴身线条简洁，头方尾窄，接近仲尼式。郑先生说这种款式叫徐氏式，为先师徐元白自创，较之仲尼式少了一个琴腰，更显大方。

说起元白公，郑先生慨叹良多。他十六岁拜师，家徒四壁无力购琴，连琴弦也买不起，元白公把此琴借与他练习，六十多年来这张琴就再未离开。元白公辞世前嘱夫人作价二十元（相当于当时两百斤大米），把此琴卖给了徒弟。饶是便宜，也整整拖了五年才付清这笔琴款。一个甲子过去了，长者已逝，当年的懵懂少年已成耄耋老人，几位同门有的已谢世，有的客居他乡，诚如充和先生诗句“十分冷淡存知己，一曲微茫度余生”，一时感伤莫名。郑先生抚摸着琴面说：“我这辈子，只元白公一个老师……”听老人讲旧事，周遭忽尔静下来，斗室似乎也显空旷。于此时提拓琴恐不相宜，拓片所存的是印痕，人世间还有比琴铭刻得更深的东西。收起古琴时，摸到琴囊是较硬的老布，随口问怎不换一个？郑先生略迟疑答道：这琴囊也是沿用先师在世时的款式。

生有涯，知无涯。时间总不够用，我时常念叨罗浮山的摩崖石刻，或者学全形拓，好把某兄的青铜器拓一遍……金石永年，长乐未央，一直没有搞清美究竟是救赎还是堕落。这些年沉湎于雕虫小技，所学不过美之皮毛。人有浮生六记，我有大梦五章，值我醉生梦死之际，母亲冷不丁打来电话，说今天卖杨梅，在路边大太阳下晒半天，收到一张假钞。我羞愧难当，实在想一巴掌抽醒自己。

2016 年 7 月初稿

第二辑

明月前身

高旻寺

第一次去高旻寺，纯属偶然。

那次在扬州停驻两日。同行的一位朋友研究佛教，起大早去高旻寺，回来说是中国最著名的禅宗道场之一，值得一去。

高旻寺坐落在扬州郊外，离市区大约二三十分钟的路程。次日凌晨，我恰睡不安稳，便打了个车去高旻寺。时值冬季，夜色深浓。待到寺外，寂阒无人，只门口一盏路灯亮着。黑暗中，寺院以一盏亮着的灯在无边的夜色中凸显出来，却令无边夜色更显无边而荒凉。一座寺院，一盏灯，一个人。“一”这个数字，对应了难以言诉的渺小与孤独。而冬季的寒冷更强调了这种孤独。

好在门房有人，拍门而入说是来听早课的，门僧指了路，黑暗中循路而进。途中跌跌撞撞，斜地里蹿出两条狗冲我吠叫，吓得我一路狂奔。远远听到诵经声，转弯看到大殿中透出的暖色的灯火。灯光，总会使人产生一种错觉，仿佛是回家，是归宿。

听僧人们诵完经，众人散去。一位年轻清矍的僧人磕完一百零八个头后起身离去。大殿内只剩下我一人。我从来不是一个虔诚的人，缺乏必要的恭敬。这些年跑了不少寺院，大抵还是因为古寺名寺蕴含的文化。譬如去大佛寺看隋碑，去佛光寺看唐代木结构建筑，去南禅寺看民间雕塑，去法海寺看明代壁画，佛经只读过一部《六祖坛经》，抄《心经》是为了练小楷。至于礼佛的仪程一概未知。或许，有时又是为了一种出走，以寺门为界，我们潜意识里分为尘里尘外，俗世中挣扎久了，就想寻一处清净之地，一个人独处。

因而当我只剩一人时，并未磕头拜佛，而是坐在蒲团上，望向殿外微微泛出的曦光。

大殿侧厢房的门忽然推开，斜地里出来一位小沙弥。

小沙弥冷声说：大殿是不对外开放的。

我回道：没有寺门不为众生而开的说法。

小沙弥急了，说：佛度有缘人。并非人人都度。

我便有些恼了，此时此刻，我既已站在这里，自然是有缘人。

那时，我恰在斋素中。缘何吃素，已然忘却。不外乎是某天面对杀生忽起不忍之心。故而我便有了一些底气与这小沙弥争论。小沙弥斥责世人都是心怀欲望而进寺院，实则根本不读佛经不懂佛学，不比得他们是正经从佛学院毕业的。恰好那时我刚读过了一部经，便又不服气。争论的高潮是，小沙弥说，世上已无佛。佛入灭后，应当以戒为师。他指着门口的柱子说：如果师父说这是香蕉，我便听从是香蕉……

彼时我最不屑这种强权理论与奉迎姿态，待要反驳，抬头见同行的那位朋友，今日又来了高旻寺。他正止步于大殿外，恭敬地合掌，俯首，然后绕殿行走。

我颇有点讪讪。到底有些扫兴，我把双手插在裤兜里，在寺中转悠，也没了心思去细究这禅宗道场的历史，心中兀自忿忿着。

待及返程，寺门外已有公交车。我与友人一道坐车回去。与友人提及方才遭遇。友人微笑着说："昨日我也来高旻寺，也遇到一个小沙弥。他恰好就是坐在你现在的位置。他在俗世的老母亲九十大寿，他要回家去一趟。那个师父非常谦逊，知识广博，询问他法号却不肯答，只说称呼他小沙弥便可……"

闻言便愣住了，然后羞愧涌上来。世间万象皆为我心之投影，我瞬间明白，我是怎样一个人，我遇到的便是怎样一个人。友人谦逊，所遇谦逊；而我不待见的那个小沙弥就是我自己，以一段经历与互斥，照见我自身浅薄，一副读了几本书就自以为是的模样。而之后，我双手插兜一副漫不经心的模样，又是做与谁看？无非是因心中不快，才摆出这吊儿郎当的样子。人活着，要过的坎，是自身心里的坎。

且慢，那香蕉与柱子的争论又该作何解释？友人

沉吟了一下说："我以为这话中所指的师父，应该是开悟了的师父。"于是醍醐灌顶，开悟就是洞悉一切，再无障碍，也无挂碍。这个柱子究竟是柱子还是香蕉，亦不执着。"凡所有相，皆是虚妄。若见诸相非相，即见如来。"如来，是本来面目。对知识分子而言，无关宗教，更在于对哲学的思考。我固执地坚持这是柱子而非香蕉，不过是因为自己所受的教育告诉我这是柱子，如若最初命名的人把此命名为香蕉，那么现在我就以为是香蕉了。我的经验遮蔽了我。

谁，是这个世界的命名者？

这段故事我写进诗歌的创作谈中，拨开遮蔽，直抵本质。后来，由中国作协和宁波市文联在北京主办宁波诗人群体研讨会，我作代表发言时，就以此事为喻，谈到诗歌，经验的对与错，不仅是文学问题，也是哲学思辨。前些年常提到返乡而不遇，我们前半生住乡村，后半生寄寓于城镇，在农耕文明与工业文明之间，我们有过断裂与新生；而我们的母校在现代化进程中也几乎都已拆迁合并。如果说返乡而不遇，是70后普遍的精神困境，那么返校而不遇或许就是一个暗喻，暗示着我们对前半生所受的教育和经验的质疑。

泰国，清迈。帕辛寺。在佛像的下首，打坐的僧人，三四一排，他们枯坐，去向虚空中证悟；他们枯坐，戒，忍，一动不动，以不动应万变。当我脱鞋进殿，仪式感增加了神秘性。我长久地凝视着他们，几乎分不出是真人还是蜡像，以至于我须靠得很近才能去分辨僧人们脸上的肌肤究竟是否为真。一位老僧弯着背，就这么一直弯着，其中一位微动了下睫毛，才判断这是真的人。而后便是深深的震惊。静默，停止的宁静，止息。袈裟、夕光、托钵里的清水，仿佛以不动印证万物的徒劳。

出寺门接到一位朋友的电话。她新遇到一位知心的人，颇有相见恨晚之感。她说，他愿意为她抛却前尘，愿意为她轰轰烈烈。

搁断电话，正看到护城河里落满了春花，几个年轻人骑着摩托车飞驰而过，飙车声轰响。有吉普车驮着年轻人在击打乐器，在春天，充满了生机和欲望。

这个世界，一直都是这样，既让人羞愧又让人不知羞耻。

想起高旻寺的小沙弥说的，世上早已没有了佛。传说中的佛陀灭度在公元前四百多年。两千多年后，尼采提出上帝已死；他看到了道德危机以及人类对秩序失去信心。

高旻寺是禅宗道场，奉信顿悟。《六祖坛经》中有一句：不思善，不思恶。我理解“不思恶”的意思，就是不要去想着做恶事，但为何却还要不思善？善良有何不好？后因“香蕉与柱子”之争，才重新审视关于善良的定义。善与恶，是这世间千百年来对人类社会道德准则的规定。而往往很多时候，这世上的事不

能光讲善恶，也并无对错。只有因果。道德，不是唯一的衡量标准。

第二次去高旻寺，依然是乘兴而至。途经扬州，忽然想到上次高旻寺之行未及好好了解寺中掌故，故又起了个早。心中暗暗打算此番决计不和僧人起争执了。未料吃了个闭门羹。正要离开，却见大门开了一条缝，出来一个看门僧，放了几位施工模样的人进去。灵机一动想跟进去，被阻拦了。那也就作罢，转身走吧。僧人却又说除非你是来做功德的。我并不介意给如此历史名迹捐点功德，却又被拦住，说要等到七八点钟客堂上班才可以，如此我就赶不上离开扬州的车了。好话说尽，不行。打门上贴的客堂电话，没人接。

不觉皱了眉，小火苗又吱吱冒上来了。人常常如此，给了点希望，又破灭，是最易失衡的。然后就翻出扬州几位作家的电话，也不顾时在早晨六点多是否冒失，两个电话打下来，果然有熟人。作家唯一可欣慰的就是四海八方有朋友。三五分钟后，看门僧就接到电话，放我进去。听他在电话里说："对，是有这么个人，在门外，脾气有点倔……"然后搁掉电话生气地对我说："进去吧！早知这样，何必作态？"

诚然，我又一次自我考验失败。

返程路上，接到朋友的电话。这一次她在哭，她说："不，他如此欺瞒，竟把我当傻子一样……"我知道她正陷于深渊难以自拔。

蓦然想到了自己适才非得进寺的执着。明知不可为而为之，何苦？

月映千江，却照不见内心的执念。

这个朋友，相交多年。我们曾一起考研，一起讨论过郭沫若的《凤凰涅槃》。她充满理想主义和浪漫主义的天真率直，令她相信美和永恒。但我却来不及与她讨论佛经。涅槃，其实就是入灭。通过断除一切束缚而获得，是止息，而非重生。所以当年我们对于《凤凰涅槃》最大的争论就是她认为值得为之赴死的激情，在我看来是伪抒情。

不过一年，我看着她从欢喜、愤怒到痛到悔……那么短暂，一开始就看到结局。后来听说那个男人忽然死了，而她已几近崩溃。她在电话那头痛哭失声："太不值了，究竟为什么？他一个人走这样一条路……他到底还有多少事瞒着我？太傻，太狠心……"仿佛她声声质问能把他从死神手里拽回来。

我真想和他、她说说高旻寺的经历。我们永远也不知道这个世界的真相是什么——我、她、他、小沙弥，都是被遮蔽的人。而高旻寺，并非只是一个古寺，它是空的、无形的，它所象征的正是你内心之投影。

那个时候，热搜上正在曝光一个富二代穷追直播女主角的绯闻。他们的互撕闹剧被那么多人聚焦，也并没消停。时代的代沟，人的代沟。有些人心中重于生命的，在另一些人眼中却不屑一顾。

我们究竟为什么而活？我们究竟为谁而活？

什么，值得我们以死相护？

每次遇到她，最后的话题总是回到几个问题：“他为什么要骗我？”“他为什么要去死？”

她哭的次数少了，然而眼神空洞，竟使我想起祥林嫂，以致我渐渐避开了她。

得知她的死讯，意外，又似乎是意料之中。自从那男人出事之后，她已自我折磨整整一年。或许，并不止于痛。是空，生命以遽然而至的死亡，终结了她对活着的所有想象。她看到了结局，空，无法改变的空。“总说来日方长，但是来不及了，他死了。唯有死亡无可挽回……”

此生，就这样结束了。她总是说。

据说她是一氧化碳中毒而死的。她为他悄悄设了灵堂，周年忌日，关着门烧纸钱，怕别人推门进来，还用凳子堵住了门。然而纸钱太潮，烟雾呛人，她竟也没有开窗。等别人发现她时，已回天无力。她躺在地面的席上，没有挣扎的痕迹。一身素衣，整整齐齐，就像是早就做好了准备。

我想起高旻寺的大门。每次看到，总是关着的。偶尔开一条缝，以为是希望，却不过是执念所生的妄想。得不到的，不该得到的，就不要去强求吧。

一个人的生死，可以如此轻率。世界照旧运转。血迹早已清除，烟雾消散，春花开过，夏花又开。

一个轮回结束了。另一个轮回开始了。

若我第三次去高旻寺，必心怀恭敬。我们早该原谅所有的伤害——每一个胸怀戾气者，皆是苦主，正承受着属于她的煎熬和不平。伤人者与被伤者，都是受害者。倘若我们每一个人都被善意和温情对待，倘若他不曾骗她。

当然，谁也不知道我究竟还会不会第三次造访高旻寺。

2022 年 5 月定稿

明月前身

“明月前身”是唐代司空图《二十四诗品》的一句：流水今日，明月前身。虽然是诗评，但以诗论诗，独有其境。早年觉得“流水今日”略俗了点，请朋友刻对章时，自作主张改成了：明月前身，清风在野。一枚朱文，一枚白文，虽然并不对仗，却很喜欢清风在野的自由自在。

后来发觉不少名家皆有类似感叹。譬如金圣叹写到：生后身即生前身，犹如明月现身。清人金农的句子：老梅是明月前身。又譬如清代诗人张问陶的《梅花》诗：美人遗世应如此，明月前身未可知。明月，老梅，美人，把汉语中那些美的词语放在一起，便衍生出成倍的虚空的境界。钱塘钱松，西泠八家之一，也曾刻过“明月前身”一枚，偶尔翻到，方正的布局，浙派碎刀一起一伏间，朱文线质刚直坚劲，细而不弱，有优游不迫的古意。

而我更喜欢吴昌硕所治“明月前身”。小篆入印。中有界格，多有文字突破内栏，不为所限，缶老印风多为狂放，此等曲致婉丽的作品并不常见。一面侧款刻有女子背影小像，衣袂飘袅，乘风归去。另一面侧款刻“元配章夫人梦中示形，刻此作造像观。老缶记”顶款纪年“己酉春仲客吴，老缶年六十有六”。吴昌硕，又名俊卿，号老缶，后人习惯尊称“缶老”。

那次去安吉访吴昌硕故居，是陪友人去的。我的一对异地朋友，从恋人转为朋友，三十年心知神交，平素互不打扰。两人都喜欢梅花，又女子名中带梅，每到暮冬，会约着我一起去看梅花。很多时候，我便是接站送站的车夫。前几年去了余杭超山看梅花，看到了吴昌硕与梅花的不解之缘；次年五月，又兴起相约访安吉。我也喜欢附庸风雅，一个艺术家的出生之地或许也能给我灵感，便又一同去了。

故居并不大，四合院式的宅院，有主楼和东西侧楼。门楼高大，墙头有精致的石雕。据记载清咸丰末年，战火毁掉了大部分建筑，只剩下东侧厅，墙砖也曾被埋于地下。

堂屋有书画。登上二楼，东侧便是吴昌硕的书斋。窗户很小，可以打开，窗外有高大的银杏树。书桌上有刻刀和笔架的陈列。在靠墙的书柜上，有一块断砖。我在看银杏的时候，他俩在研究断砖上的字。大约是汉砖，听她说：“应该是万岁不败砖，原砖要比这个大一半。”她用手比画着，“这里的两个字是‘万岁’，断没的那两个字应该是‘不败’……”

三十年了。我是有些羡慕的，又有些遗憾。若不是相逢太晚，当年他已娶妻生子，他俩必定是佳偶。

在回廊的墙上看到“明月前身”的印迹时，我们都立住了。安吉人把印文放大，镌印在墙上，斜地里有梅枝挑着。这种放大，增加了视觉的冲击力。他俩站在印迹下，让我给他俩拍了张合影照。

也许是缶老治这枚印的悲伤故事影响了我，断砖、遗恨、残梅，这些词语竟让我有一种不祥的感觉。

我尝看过吴昌硕与两位夫人的画像。元配章夫人，未及过门，吴昌硕随父背井离乡出外逃难，回乡时未婚妻已饥病而亡，阴阳相隔。约十年后，吴又以正妻之礼娶了施夫人。四十一岁那年，吴昌硕寄寓苏州之际，曾梦见章夫人，写有《感梦》一诗。“秋眠怀旧事，吴天不肯曙。微响动精爽，寒叶落无数。青枫雨冥冥，云黑月未吐。来兮魂之灵，飘忽任烟雾。凉风吹衣袂，徐徐展跬步。相见不疑梦，旧时此荆布。别来千万语，含意苦难诉……”吴昌硕的诗，在他那个时代，不算出众，却也情真意切。

六十六岁，再度相会于梦中，梦中示形，背影。背影就意味着越走越远，再无回首。刻此印时，缶老悲不可胜，含泪奏刀，多次停刀。

明月前身，是一个悲剧。

我考北京师范大学研究生时，曾专门研读了《等待戈多》。我们一生都在等待，希望却迟迟不来。两幕悲喜剧，荒诞又真实。日复一日，等待，不确定。不知道戈多是谁，不知道为何要等待戈多，不知道戈多会不会来，但支撑我们等下去的，是戈多或许明天就来的希望。

人活着，总需要一种支撑。而死亡，却是终结。

“明月前身”一印，中间十字界格，以小篆入秦印式，粗朱文印风，边框有故意做残的痕迹。从前印人治印，也有尝试增加残损意味使印古拙，但都是无意识的实验，比如文彭把印章放在盒子里摇一摇，印章互相撞击留痕。而缶老是第一个有意做残的人，借助敲击、摩擦等多种手法制造效果，他把残损之美视为印章的一部分，或者人生的一部分。

“明”字欹斜，“月”字单脚独立，肩突撞开了界格。我忽然想起外祖父落葬之际，同墓两穴，外祖母较外祖父过世早了十年，在另一侧孤寂地等了十年。司仪人在落棺之后，用手拔掉了两穴之间的一块圆木，露出一个“闲话洞”，意思是两位老人家往后可以聊聊天。

印学界诸人每谈及此印，皆以其为缶老情深之美谈。而我偏又读出了他的愧疚。无可弥补的愧疚。十七岁随父外出逃难，留下未婚妻章氏与年迈的老母相依为命，固然是少年昌硕之无奈无力，又何尝不是少年恋人之背叛、离逃。章氏故世时，无依无靠，草草葬于桂花树下，以致尸骨无存。待吴昌硕显名之后，欲为章氏改葬，掘开桂花树，却再也找不到遗骨了。

连一点弥补的机会也没有了。

人生有多少身不由己？有多少悔不当初？有多少来不及？

时值初夏，并无梅花。摘取数片梅叶夹在书中做书签。时间长了，叶子水分会被吸收，呈现出半透明的脉络，恍若蝶翼。送他俩归去。在车站，看着一个在站里，一个在站外，隔着玻璃窗望着，挥手，说再见，回首，再回首。

后一年看的梅花，是黄宗羲先生墓前。邻县余姚古邑，名人辈出。梨洲先生以天下为公的民本思想启蒙之光名垂史册。化安山下东南麓，建有梨洲先生墓。先生生前嘱咐墓前种梅，墓道从左侧绕道转右而上。今人为表敬意，正中修直道而上，如效法皇家陵园，或有违先生本意。但梅花是真的好看，远望如红霞一片，间有粉色白色多株，若白云出岫，与此地历史文化相得益彰。

魔幻的是竟有个年轻人在墓前唱歌，拖着便捷式音响，纵情地唱着《笑傲江湖》的主题曲，全然忘我。先贤的精神之光与墓道，二十世纪九十年代的肝胆相照与当下糅合在一起，恍若梦境。许是老歌唤起了两位友人的回忆，踟蹰着竟有泪光盈盈。

如今想起来，那竟是最后一次陪他俩看梅花。

遗恨常千古，浮生又一年。我们得知他的死讯已是大半年后。平素也不聚，竟是旁人口中无意间得知斯人已逝。没有人告诉她，他究竟因何而死，死于何时何地何种绝境。

在一个午后，我翻阅藏书，忽然掉出两枚树叶，一枚写着“此是俊卿家流水”，另一枚写着“此是老缶家明月”，忽然就悲从中来。明月前身，早已化为乌有。而我，甚至没来得及把他俩的合影给他们。

2022 年 5 月定稿

云中人

1

十多年前，我在一个县城兼任地方作协的秘书长，当地每年都会和知名杂志合作组织一些文学活动。每次都会安排点评当地文学新作。有一次征集稿子的时候，收到一组散文，作者来自陕西咸阳，作为人才引进在一所中学当语文教师。那组散文，写的都是他老家的乡亲，记录着关中平原腹地里农村灰暗而真实的生活，终南山下，渭水之滨，他熟稔流转于散文与小说之间的笔法，呈现出某种暗却又发光的异质。

我欣喜于遇到好作品，然又颇感沉重。他的那组散文，每一篇都是以死亡结束，有因夫妻吵架喝农药的，有因歉收上吊的，有因打不赢官司跳河的，还有说不明原因抹脖子的……那时的我，三十出头，年轻气盛，虽然也偶尔觉得活着就是一种历劫，但对死亡，显然并没有深的感悟。于是给他打电话："固然很好。然而写了这么多死亡，几乎相同的命运，是否流于草率？"

十年茫茫。工作，生活，似乎从未如人意。回头看去，折磨人的无非是心中执念。有那么几个机会，可以调走，去市里，或省里。郁闷时一直想抽身离去，然而机会真的来了，却又诸多犹豫，房子、孩子、父母，那些组成生活本身的错综的线，一根根缠住我，我未有足够的勇气斩断前半生而选择离开故土。几次犹豫，便又耽搁下来了。

当地的第一所大学，是宁波大学科学技术学院，该大学最先入驻的是其艺术学院。因从事与文艺相关的工作，我去了几次。艺术学院有专业的美术馆，教师有相对独立的工作室，师生的作品展陈颇多。第一个打动我的，是梅院长的木雕：一截树根，长脖酒瓶子般高，被雕成一个人形，并不具象，隐约有眉眼，然而五官是模糊的。令人吃惊的是下肢并非下肢，而是缠绕的树根，交叉，层叠。一个根植于大地的人。

对于艺术作品的诠释与领会，都是仁者见仁智者见智。听他们说着农耕文明与童年记忆，或故土之情，而我是被一瞬间的牢固性所打败。这缠绕的树根，牢牢地把我们固定住，无论在哪里，过着怎样的生活，我们终究挣脱不了自己的宿命。我一直说着走，说着走，却没有一次能下定决心离开。我被束缚着。

那个凶年，两位忘年之交遽然离世，令人悲不能胜。一位是几无预兆地跳了楼，亲属说翻看监控，竟

是毫不犹豫地从高楼纵身飞下，没有人想到一介文弱书生竟会如此决绝。

另一位突发疾病，明明好转了，家人还在商量会诊方案，却又突然加重，未能从危重病房出来。

人心之脆弱，生命之脆弱。守丧的日子里，我斋素，着素服。翻着曾经的聊天记录，翻着手机里存着的照片，翻着故友曾寄来的关于生平的那些报道。《浙江日报》《黄岩日报》、“浙江省改革开放四十年四十人”“中国好人”……那些为他带来荣耀的光环还在，甚至纸张都还是新的，人却已成灰了。

幼年失怙，少年时背井离乡，青年时因无心之误而被开除公职劳改数年，心爱的女子被迫离开，及至中年创业渐强，平反，晚年事业遇阻，年届古稀再转型。一生曲折，不过短短几十个字。“一生复能几，倏如流电惊。鼎鼎百年内，持此欲何成！”

这样一个不屈不挠的人。为了年轻时的文学梦，捐了数百万设立三个文学奖。

“每年都会有这样几次，在梦中痛哭失声，浮生如梦，并未消散。”

“昨晚我又从梦哭醒，惊动了护士和陪床的人。”

也许是因为刚经历一场人生的黑暗，那颠倒是非无处可诉的愤懑，那不得不低头的含辱受垢，使我与老人家有了某种共同的语言。听他说年轻时的经历，最好的年华遇到最大的坎，我的经历委实不值一提。

令我难过的是，我数次答应去看望他，却拖着没有成行，总觉得来日方长。我一直有着天真的错觉，似乎生活将会一直这样延续下去。

直至老人家到了杭州住院，我才与他商定周末去看他。然而就在周五晚上，收到他儿子的短信，告知说其父亲刚送入危重病房，就算去了也见不上面了。

我在南方出差的时候，接到他的来电，叫了几声便停了，心中一慌。回过去听到他微弱的声音，才算松了一口气。他说想给我打电话说说话，却没有力气了。不敢聊太久，怕累着老人家。我搁下电话，就有无限悲哀的凉意慢慢浮上来，没有力气了。岁月终将抽丝剥茧地抽去我们的生命力，垂垂老矣，垂垂危矣。

想起老人家临终还记挂着公司里一千多员工；想起他说常有人来拉赞助，难得我与他相识十年却从未提过要求；想起他说又有媒体来采访他宣传他；想起他说他家的老宅，政府要重修建成他的纪念馆。我们如此短暂的一生，又能留下什么？

两位忘年之交，一个想活，一个想死。可以活着的人选择了死。想活下去的人却阻挡不了病魔与死神。想到那个像飞鸟一样跃身而下的故友。固然人生不值得，然而春有百花秋有月，夏有凉风冬有雪，四季轮回间一路秋色为君迟，冬雪又下了好几场，真的都不值一看了吗？还有一个朋友，抑郁症多年，总给我发短信说生而无趣想去撞车，我给他回了一条：每个人

的归途都是死路一条，迟早要死，又何必着急？便想起十年前陕西那位作家写的那组散文，他说他所写的那些死亡都是真实的。

也许是梅院长的作品给了我启发。我添置了一堆雕刻的工具，想跟他学雕塑。

一个模糊的人。是的，从诗歌意义上来说，这种模糊指向更多人群，他可以是你，是我，是我们中的某个人，是芸芸众生。一个模糊的人，站在云朵之上。是漂浮的，是轻的，是形而上的。

仿佛是为了与梅院长的树根人形成对应，我把这个雕塑称为“云中人”。无非就是这样的生存状态，被牢固性缠绕的命运和试图挣扎而出的灵魂。知识分子的困境，除了生活，还有情感和尊严、哲学与审美。

过了半年，我的心境才渐有缓转。年末去参加梅院长的个展开幕，那是一个木雕和纸墨实验展，体现了当代艺术与生命体验的交融。

梅院长做了一个实验，并拍摄制作了影像视频，在展览现场循环播放。一个木墩子，先雕刻成具体的头像，再用刀砍毁，然后放在火上烤。他说是缘于目睹了母亲去世后火葬的情景。他的陈述，就像一首诗：

先是具体的，头像

五官

然后抽象化，刀痕，模糊
再后来在火上烤
碳化，那一缕轻烟，
虚无缥缈……
散落的煤渣，也是其中的一部分

影片中的轻烟正散去，就像逝去的生命，并没有太多痕迹。我一下子看到了尽头、缩影。

有一个黄昏，我照常下班回家，在厨房里剁肉，忽然想给十年前的那个作家朋友打个电话。说起那组散文，他后来改成小说收录在个人作品集中。十年来，他的生活也并无多大变化，上班下班，当班主任，上夜自习，几乎每日雷同。而我也是上班下班，开会散会。这世上还有不同的生活吗？醒来，忙碌，睡去……再醒来。十年就这样过去了，接下来的十年也是这样过去，重复着，重复着。聊起这些年辞世的那些朋友，无常，是生命的常态。那些选择死亡的人，不止因为绝望，也许还有日子的无意义。

临挂电话的时候，我诚恳地对他说："为我那时的年少无知致歉，确实死亡离我们如此之近，如此猝不及防。"

2

又过了半年，去宁大科院，在艺术学院的仓库口，看到很大一堆被烧焦的木头，长长短短，有烧断的，有碳化的，有烟熏的，有烧焦的树皮剥落后露出的木头肌理。询之，原来是梅院长从台州三门县拉回来的。那边一个城隍庙发生火灾，房梁木头都被烧焦了，扔在现场要被处理掉，他得知后心急忙慌地全部运回来了。

站在面目全非的木堆前，想象烈火怎样席卷闹市，舔噬着俗世繁华；想象房屋倾颓，横梁颓压；想象人们怎样弃店而跑躲闪逃避；那些高高在上被供奉的神像如何断裂、毁损……烧毁的木料又还能做什么？他想起了母亲火葬时的轻烟。人死之后呢？一个雕塑家，试图用艺术的方式表达自己对终极问题的思考。

我忽然想起了焦尾琴。中国古代有四大名琴之说。齐桓公的“号钟”，楚庄王的“绕梁”，司马相如的“绿绮”，还有蔡邕的“焦尾”。与其他三张琴的名字相比，“焦尾”琴名并没有那么具有抒情性，更像是对其身世的直白。据史书记载，吴地也就是现今我们江浙一带，有人在烧桐木煮饭时，蔡邕听闻火烈之声。知其良木，因而抢救下来，裁为琴，果有美音，而其尾犹焦，故时人名曰“焦尾琴”。那个时候，蔡邕正是“亡命江海、远迹吴会”之际，却也能从火烧桐木的声音中敏锐地发现良木并因形而制，做成名琴。审美，或是困境中的自我宽慰与救赎。后遂用“焦尾琴、焦尾、焦桐”等借指美琴，或比喻历尽磨难的良才、未被赏识的宝器；用“桐尾焦、桐爨”等写良才不得其用，或比喻遭受摧残，幸免于难。在《飞鸿堂印谱》中也辑录有鞠履厚的篆刻：“三尺焦桐为活计，一壶春酒是生涯。”一段烈火过身的桐木，还带着焚身的伤痕，却获得了新生。焦尾凤鸣，从死复生，从无声到有声，艺术确然是神奇的。

倘若说传统艺术更倾向于审美，那么我所看到的当代艺术更倾向于思考与启发。梅院长正在筹备一次新的展览。

我不知三门那座被烧的城隍庙境况如何。一般而言，城隍庙附近多是商贩云集熙熙攘攘。在中国的民间信仰中，城隍神通常被看作是阴间的地方官，在冥冥之中守护着一城百姓的安宁。民间常有香火祭拜，以求告神灵护佑，或能神赐功名利禄。在汉语体系中，城隍庙可以作为一个意象，既承载历史文化民俗，又属于尘世的各种欲望和寄托。这样的一个地方被烧毁了，本身就是一种伤感。就像邓石如的那枚印章：十分红处便成灰。苦心经营的，不过短短几分钟，就成了灰。何其须臾？这枚印文据传出自清朝的咏炭句子：“一半黑时犹有骨，十分红处便成灰。”未入炉时，周身通黑，还有点硬骨头；烧红到极致，却又转瞬成灰了。由红入灰，岂止是炭？

成灰之后，又是什么？梅院长想起了逝去的母亲，我想起了逝去的亲友。那缕轻烟是生命的一部分，烧焦的炭渣是生命的一部分，火烧桐木发出的声音也是，七弦琴的乐声也是。

“而我所探索的，是终点之后的事。那缕轻烟去了哪里？”梅院长说。

托尔斯泰曾说：“要是一个人学会了思想，不管他的思想对象是什么，他总是在想着自己的死。”

陶渊明也说“运生会归尽，终古谓之然”“死去何所道，托体同山阿”。苍茫宇宙中，诞生了你，你的独立意识。何其渺小，但你就是你。怀才不遇又如何？怀璧其罪又如何？看清楚蜉蝣朝暮，何妨有骨，不怕成灰。

梅院长的新作品，长达八米，那些烧焦的木头，不再是木头，它们将被艺术赋予新的定义，呈现在世人面前。他要从灰烬中提取生命，把毁损转变为艺术，从无生命的状态唤出新的意识形态，或是启示。

是木头，还是灰烬，还是琴，其实并非本质。我们不必执着于相，结束就是开始。尘埃永不会落定。

“尘世的欲望，被一场大火烧毁。但死亡并非终结，只是换了一种形式……”听梅院长描述他的作品，每一次都像是一首现代诗。

他的新展览主题就叫：重生。

2022 年 5 月定稿

古来抄经人

那年多灾多祸，生命中敬重的人接连离世，不免心神俱伤，发愿斋素、写经、守丧，以怀故人。平素有随身带书的习惯，等人或排队之际，能抽空读几页，而今又随车携带简省的笔墨纸砚，逮着间隙便可临习写经。某次便是在动车的餐桌上写的。在高铁上写经时，莫名想起古代书生背着箱笼赶考，又想到中国航天员携带笔墨纸砚在太空写字的片段，一种现代的迅疾的往前方的奔赴，一种传统的缓慢的反省式的执守，倒使写经一事具有某种神秘的诗意。

历代书家写经者甚多，我所藏几种名家写经的集子中，便有十数人，真草隶篆行，五书俱全。欧阳询的谨严，赵孟頫的遒媚，文徵明的清逸，董其昌的秀雅，吴昌硕的金石之气，弘一法师的圆融。而抄经之典故，亦留有余香。

民间传说蔡邕朱笔抄经为母祈福，三年竟把一池清水浸染成朱。蔡母谢世，蔡邕又盖茅庐守墓三年，茅屋旁的树都长出了连理枝。东汉洛阳白马寺建寺至

蔡邕显名，不过百年，那时佛教尚不甚兴旺，蔡邕抄经之说未置真伪，或者他抄的并非佛经。又譬如欧阳询之《心经》，据传是在名刹白露寺所书，时年已八十。虽也有人质疑以为是他人伪托，但多数认可是他手迹。纵观欧阳率更一生，少年时因其父举兵被擒，举家悉数被杀仅他一人逃匿，后又被宇文化及掳持，九死一生。这样的人生跌宕，要有多大的定力和坚韧，才潜心书画，跻身初唐四家，被誉“翰墨之冠”。而他所抄经书，中正停匀，不忙不缓，不瘦不肥。既是传授诀，也是他的处世学吧。

赵孟頫与禅林来往密切，有学者研究，子昂所抄佛经流传于世的多达八十多册（卷），仅《金刚经》就有十二册，其中有赵孟頫为长子早卒幼女夭亡所抄。另有《心经》《圆觉经》《无量寿经》等。据《历代著录法书目》（朱家潜编）共计赵孟頫写《心经》十九件。现存世发现仅两件，一件在辽宁省博物馆，另一件就是保利博物馆拍卖本，在二〇一七年的北京保利秋季拍卖会上，以上亿起拍，以千万元的竞价交替上升，最后落槌加佣金直逼两亿。以行书抄《心经》，子昂是创例。

我喜欢的那卷，卷首白描观音大士像，卷尾白描韦陀像，庄重肃穆。这种版本的抄经纸，现仿用甚广。网上一淘，蜡染《心经》专用纸便有多种尺寸，对开或三开，多种色调。而我常用一般为浅仿古或浅灰色。时下更有仿古好事者，连古时题跋和印章都印上去，你只管洋洋洒洒做挥毫的书家。

此书卷尾部分有落款：弟子赵孟頫奉为本师中峰和尚书。中峰和尚是元代高僧，书画亦颇负盛名，俗姓孙，名明本。赵氏夫妇皆以弟子礼师事之。赵妻管道升亦有书法作品《与中峰禅师尺牍》传世。夫妇俩与中峰明本的莫逆之交在书坛是为佳话。卷末有明代王稚登题跋："赵魏公平生好写佛经、禅偈，余所见甚多，指不可盛偻。盖其前身当是高僧，故津津于竺乾妙典，不一书而足也……"

想来赵子昂系赵宋贵胄，却在元朝做了官，被遇五朝，官居一品，其间取舍，料想也是辗转反侧。一代天纵之才，以艺术寄托情怀，与禅师问道，或取或舍，无非是人间的一段往事。从赵孟頫给妻子写的墓志铭中可见，管道升心信佛法，手书《金刚经》至数十卷，以施名山名僧。夫唱妇随，皆是人间抄经人。

我早年抄经，为的是研习书法。挑的临本是道教《灵飞经》，清秀雅致，适合女子临习，后又临习佛教《心经》，爱其篇幅较短，历代书家法帖众多。也有一次抄《金刚经》，未及一半便停笔了，犹觉太长而失了耐心。数年前在艺术馆工作时，一同事善小楷，看他抄《金刚经》，凝神静虑，气定神闲，每日就抄那么几页，不急不躁，一本经书足足抄了一月余。蓝底金字，庄重秀挺。偶尔还借使现代技术，用临摹灯

板，在纸下垫上透光灯台，灯光映过纸面，界格乌丝栏等清晰入目，有助规整。同事母亲信教，他已抄经书上百卷，实则无关信仰，盖为书法之美学术之精妙所吸引。

临帖几年，渐有所得。便有友人索字。也有寺僧携去布置茶室等。五磊寺下院石湫头的住持，我曾赠之所临《心经》长卷，其竟回赠我福建好茶二十余饼。

写经换茶，也是雅事。明代仇英作《赵孟頫写经换茶图》，记录赵孟頫为明本法师写经，法师赠之以茶的故事。仇英善工，松林下写经奉茶之情景跃然纸上。据说是受苏州收藏世家周于舜所托而作。

画后有文徵明所书《心经》，上有题跋："嘉靖二十一年，岁在壬寅，九月廿又一日，书于昆山舟中。"后面有文徵明长子文彭和次子文嘉的题跋，大致意思是逸少即王羲之当年以书换鹅，苏东坡以书易肉，皆有千载奇谈。松雪即赵孟頫以茶戏恭上人，而一时名公盛播歌咏。其风流雅韵，岂出昔贤下哉。然而如今只有诗而找不到那卷经书，周于舜先生请家君也就是我父亲为他补之，遂成完物。文嘉也提到此事当遂不朽矣。

文徵明年轻时屡屡落第，亦是怀才不遇，并不舒怀。寄情书画，终成大家。文彭算得上是篆刻之祖，文嘉系吴门派代表画家。如此一门三父子，活着时未必尽如人意，然八个甲子过去了，今又壬寅，此书此画此番典故，当真如文嘉所言已不朽矣。

阅尽繁华，归于沉寂。

溥儒（溥心畬）的《心经》版本，是我临习最多的。据传溥儒为祭奠母亲所书血经，现藏于台北故宫博物院。欧柳笔法，端庄雅正，秀逸有致。一代旧王孙，以血抄经，还骨血之恩。溥儒少年失怙，项夫人独力养育，生养之恩又兼教养之责，母子情深。项夫人去世，溥儒心中悲恸可想而知。为母亲治丧，他不惜把珍藏半生的陆机《平复帖》贱卖给张伯驹。从卷末文字可知，庚子（1960）十一月二十六日，项夫人谢世已二十四载。轶史传记项夫人灵厝停在北京广化寺后院多年，迟迟未能安葬。彼时溥儒已远在台湾，无从拜祭，故请医师从臂中抽血调和朱砂写《大悲咒》《心经》等。

我去宝岛台湾访学交流之际，曾赴台北故宫博物院，寻看此经而未果。又预付定金购买了台北故宫博物院出版的《国宝的形成——书画菁华特展》，迟滞半年后终于收到跨越海峡的邮件，也未见收录此经。倒是见到了陆游的《致原伯知府尺牍·秋清帖》、朱熹的《致会之郡尺牍·秋深帖》以及赵孟頫的《致中峰和尚尺牍·醉梦帖》。台北故宫博物院院藏《赵氏一门法书》，内有尺牍十一，大多为赵氏恳请明本主持丧妻法事的相关事宜。

旧血痕，红褐色，长纤维底纹宛若发丝缠绕。在佛教中，刺血写经由来已久。所查早在元代就有高僧取血书写《华严经》，弘一法师也曾写有多卷血经。抄写血

经被视为报恩的一种方式（当然也有人持保留的态度）。以血为墨，刺舌血最贵，指尖刺破位次，静脉采血再次之。有以纯血入书，也有调以朱砂写之。

我素来体寒，夏不发汗，极易中暑。孟夏残月，起意用土方子放血祛湿，恰效仿溥儒抄经习书。据中医而言，放血疗法是一种古老的疾病治疗方法，曾在世界范围内使用，多个民族的传统医学对放血疗法都有其独到的观点。常用是中指指尖的某个穴位，刺破挤压出血，外泄内蕴之热毒。我怕疼，不肯刺指尖。那段时间体检指标颇多上下，便借着各种化验复查之际，央护士多抽几管。护士心软，皆是成全。真空采血管保存甚好，有抗凝管，也有促凝管。慢慢摸索出经验来，若不是抗凝管，鲜血很容易凝结，但若及时来回甩管子，不消十来分钟，便也打散了鲜血中的某种结构，使之不再凝固。某次抄经，不留神血已凝栓，只好搁置。过了十来日，发现竟又已稀释了。如此一个夏季陆续临写，竟也写尽三十余个空管来。

新抄的血经，颜色润泽，隔日便会暗沉。也有说取血抄经时不能食盐，否则色泽容易变黑。我从无刻意避讳。检阅自己所抄数十卷《心经》，颜色固然沉着，倒也不曾变黑。色泽入纸，略带点半透明，别有一番动人。比看墨帖，顿觉墨迹黑亮得过于醒目了。倘以朱砂研血，则色泽更为鲜亮，久置而不褪。曾阅到弘一所抄《金刚经》、溥儒所写《大悲咒》，所用朱砂细腻入微，都是极好的。算来抄血经所耗甚少，小楷写《心经》，笔尖取血抄一遍，不过一两毫升，于气血全然无碍。如此想到坊间所传弘一法师取血抄经，后被印光法师以有损身体之由劝阻，不知真假也。也或许弘一法师抄的经书字数甚多。

人间抄经处，最好是寺院。伏龙寺抄经，讨得山桃两枚；金仙寺抄经，望取白湖一片；报恩寺抄经，悲欣交集；普门寺抄经，天人合一；在法镜寺抄经，地藏殿前有一张供桌甚宜，但恐引人围观，便转至寺侧莲花峰，在三生堂点一杯清茶，缓缓写之，落地窗外是三生石，系满祈福的红绸。三生石的故事原不关男女情事，实则是两位男子的三世友情。“情”之一字，造就娑婆世界，成也萧何败也萧何。在上天竺法喜寺抄经，起初在花圃中的石桌上，不意山雨欲来，只好转移。正好法会完毕，众人散去，保安人员给我腾出殿前的供桌，一卷经书抄下来，听得山雨密疾，复又渐歇，正如《道德经》所记：“飘风不终朝，骤雨不终日。”再大的风雨也不过如此，人生的困境与心的劫难，又有什么不能过去？九华山祇园寺，群峰秀丽，远望抄经处白雾袅绕。“安忍不动，犹如大地，静虑深密，犹如秘藏。”置身于山林江湖，以静临帖，以心写字，浮尘种种，执念且生且消。

普陀佛顶山慧济寺，宿过两三夜。第一次寄宿是在冬日，逢先生生辰，为看晚霞潮落，为听早课梵音，夜

来僧侣邀我俩一起打羽毛球，还把球打到了天王殿屋顶之上。第二次寄宿时，恰是重孝在身，晚至山寺，人声渐止，于客堂抄经，朱砂研血，一笔一痛心。两百多字，整整写了两个多时辰。写完在天井洗笔，但见空中弯月如钩，下弦月，清冷，庭中树影婆娑，想起苏轼的《记承天寺夜游》：庭下如积水空明，水中藻荇交横，盖竹柏影也。何夜无月？何处无松柏？但少闲人如吾两人者耳。一下子便泪流满面。嘱托寺中人在经书上钤盖了慧济寺的法印，收于地藏殿。为谢僧人通融，又寄过几卷《心经》去，倒与寺中人员相熟起来。如今想来，慧济寺的素斋是最好吃的，也无他，便是白菜豆腐粉丝油包等煮在一起，却偏偏煮出了植物经霜过后的甘味来。

在净慈寺抄过三卷经。杭州名寺，与故友墓地相近，又有宋杨万里《晓出净慈寺送林子方》的典故。而那个“送”字，又着实令人伤怀。

我赶到寺院，是为了却故友生前遗愿。在客堂滞留许久，誊写悼词。那一整年，除佛经之外，所钤之印皆为蓝色。人逢哀丧，非蓝即黑。蓝色，细朱文，钤印在微白的纸页上，竟泛出那样一种凝然的哀伤。抄完悼诗，便又抄经。观音殿的僧人慈悲，许我一人在堂前抄经。青灯一盏，古佛几尊。待僧人散步归来，我恰好落款安笔。出观音殿，转入中庭，但见寺墙之外红尘汹涌，雷峰塔周身景观灯犹未灭也。

净慈寺抄第二卷经，是故友落葬日。起早去寺中，抄经后又赶去送葬。依旧是观音殿一隅，长发覆面，数度哽塞。寺中寒梅正好，寺外西湖渺渺，蓦然想起友人最爱江南一枝梅。从来如此，但见花依旧，不见人如故。

三度到净慈寺，已是次年故友周年忌日。春花又开过一轮，又谢了林红。听僧众诵完经，铺纸拾笔。想起子昂的《醉梦帖》：孟頫自老妻之亡，伤悼痛切，如在醉梦……人间永恒的悲欢离合，永恒的生老病死。于是追问僧人，人既已亡，业已超度，若已转世，又如何记得前世今生？

僧人答曰，人间有情具足八识。第八识便是阿赖耶识，又名如来藏。你临习《心经》多遍，熟背“不生不灭，不垢不净，不增不减”，当知如来藏是常住法，是种子。肉身虽灭，阿赖耶识保存之业种，流注不断，循环不已。

前生是他，今生是他，来生也是他。骨肉与血是他，尘土芳草也是他。都是他的阿赖耶识。在此漫漫轮回中，谁不是谁的过客，又何必执着？某位科学家讲过，没有时间，只有运动。人类所能视听感知的太过局限，我们所看不到的暗物质，正成吨地从我们身上穿越而过。生或者死，都只是运动的表象。

去得最多的，是五磊寺。观音殿系两层小楼，木结构。我常在二楼抄经，门对钟楼，群山掩后。斜处一株古松默然，据说是明代所植，本有两株，其中一株已死去半个多世纪，山僧后又补种一株。

最好是下雪天，漫天飞雪如同葬礼，令人想到千古和旷达，又想到自身的小。山下积雪未深，山中已是银装素裹。茫茫之中，层林更显青黛，溪水更见碧色，如此清穆。于殿中抄经，风雪扑门，推门见苍茫大地似混沌未开。人行天地间，孑然一身，风雪压下来，压下来，那个孤单的身影还在前行，越走越远。

次日便会有信徒扫雪，自山下一直到寺门。有一年除夕大雪，寺中庭院积雪如堆，信众把蜡烛插到了积雪中，灯火通明，处处是亮着的烛光，或明或暗，在风中微微摇晃。那摇曳的微光，寄寓着世间一个个希冀与祈望。人间总还有值得的地方。

观音殿楼上，人迹鲜至，通风不足，殿内潮气较重。我放置的纸笔，隔一阵子便觉有霉味。于是又把经书搬至山顶的藏经阁。一年抄经，三百六十多卷，藏经阁的三个抽屉都满了。

小僧人说，现下最好的保存方式，是用真空机子压缩打包，塑封也不易损坏，估摸着放置百年应无虞。寺中保存经书也常用此法。

百年，百年之后，我们早已非此身之相。灰飞，烟不灭，太虚轮回生生不息。

挑一个晴好日子，与僧人一起装经。小师父搬来真空包装机，把经书摊开，三折，压实，用机子抽去空气，

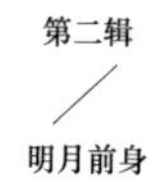

封口，便成了紧实的书本模样。除却赠人的，余下的便都藏到大佛的肚子里。

为方便记时序，又不愿呆板地写第一册第二册第三册之类，恍惚想起“独鹤与飞”一词，便仿旧时风雅，分别用了“独”“鹤”“与”“飞”四字分类别册。不知哪里看到鲁迅重装《徐霞客游记》四册，也以此题序。据说这在旧时，是文人习见的一种游戏之举，比如光绪间刊《隋园三十六种》，二十四册分别以“桃红复含宿雨柳绿更带朝烟花落家童未扫鸟啼山客犹眠”为次序。茫然间便有古今相交神思出窍之感。

2022 年 9 月定稿

都云作者痴

近日读印学史，掩卷长叹。不少书画篆刻家出身清寒，贫病交迫。高凤翰一臂病废，汪士慎失去一目，邓散木因病截肢，吴昌硕大聋。缶翁边款中不少皆言病痛：诸如“臂痛欲裂”“目疾乍瘳，用刀殊弱”“病肺将差”“老缶不治印已十年余，今为大仓先生破格作此，臂痛欲裂，方知衰暮之年未可与人争竞也”。

“扬州八怪”之一高凤翰，别名甚多，如西园、南阜等，偶也用石农。五十五岁左右因病右手被废，自称“废道人”。后改用左手，写字作画治印，磨砚题刻名词，虽则贫病交加，依旧不失风雅。他的印章中有“左臂”“丁巳残人”等，用刀雄健率性，取自汉白印风，又比汉印多出曲致。数年前曾在另一本集子中看到高凤翰所刻竹根印，一时兴起，自己也网购了竹根临仿，发觉竹根之涩滞，非寻常臂力可治。草草刻了一枚佛像印之后，不敢再作尝试，便愈发钦佩高凤翰的功底之深。

一日在艺术馆闲谈，适逢一书画收藏者来访，品鉴高凤翰先生铭砚，以证真伪。同事又把图片悉数发我一起考证，一方端砚，随形，质地颇为细腻，虽算不得极品，砚铭倒是喜人。正面疑似高凤翰手迹："此温伯坚先生手制砚，壬戌春得之东武故人石莲生家。石农左手记。"刀痕深入，章草超妙，大小如三号字体。推算壬戌应是一七四二年，高凤翰时年五十九，正是从扬州返回故里的年月。然我尚无从查询他是否春季就已抵达故乡，并得了这方砚。先生嗜砚是众所周知的，传言藏砚千方，皆自为铭词手镌之。

听来访者说，今已查证确有砚铭所指"石莲生"此人。他找到一本二十世纪八十年代出版的书，那个时候出书还是相当严谨。其中《高凤翰研究》中有插图，是一七四三年的题词：目精营虫鱼，心血筑钟鼎。落款为：东武故人石莲生精篆印，为作此纸。南阜左手。这既是高凤翰称赞石莲生的句子，也是自己的创作心得。落款章草随性放松，但与同事发我的砚铭图片细细比较，还是略有区别，尤其是"石"字用笔。令我感兴趣的是，先生将此心得教自己的晚辈，也转赠给了扬州好友，查资料恰好读到先生诗稿手札："陶生携其篆书，问道扬州，余以旧游所书，寄我笔墨，并订芍药花期之约，小诗代柬，写有以教陶生也，小玲珑主人同学。收拾残心血，缄题寄所知。春风好相待，把酒看将离。"读来迅速有扬州三月春风拂面之感，遥想当年，芍药未开，故人信来，一切恰是岁月静好人间清欢的样子。

据同事说此砚得之仅五万余元，若能步步实证为高凤翰真迹，则可价值百万金了。但在本文校稿过程中，香港一印友，姓凌，半生过目数万金石印章，发来此砚在日本拍卖的网页，以为是典型的后加铭文砚，是有点水平的造假生意。在此考证过程中，金石良友抱团钻研互为启发，从金石遗件故纸堆里生生翻出岁月深处的浓郁陈香，实不失为一个“痴”字。

清代印谱中，常见一闲语印“特健药”。如徐三庚所治“特健药”，粗朱文印风，有《天发神谶碑》之书法根底，以书入印。徐自幼家境困苦，于道观中打杂谋生，后在市井练摊，全凭篆刻成名。又如赵叔孺的两枚“特健药”，一枚白文，仿汉玉印，稳健流畅。左右两栏，右边上下相叠两字，左边一字。一枚朱文，三字叠一排，仿元朱文法。好奇这印文与寻常诗意的句子殊为不同，横地里冒出些陌生感。这个词，不似文学性的书面语言，更接近市井口语。

于是又去查资料。唐时书论中已出现“特健乐”一词，也录有“特健药”者。考之《书苑菁华》，特健药作特健乐，恐是锓梓者之误耳，意思是刻板印刷的人失误搞错了。清代梁章钜《浪迹丛谈》卷九有提到：往见收藏家于旧书画之首尾，或题“特健药”字，亦有取为篆印者。也有人认为是突厥语，可能是某种突厥语中“杰出”一字的音译。众人各执一词，莫衷一是。

在吴颐人先生的著作中，则倾向于以为书画篆刻修身养性烟云供养之效。类昌硕先生在书画题款中的意思：人谓似孟皋、似白阳、似清湘僧，予姑应之曰："特健药"而已。

"谁云病未能"是王维诗中名句，也是篆刻印家自勉之词。邓散木先生的逸闻更多，除却取名"粪翁"，自号"厕简楼""厕简子"外，晚年又自署"一足"。据有关印学著作记载，盖因邓老六十三岁时因血管堵塞截去左下肢。粪翁先生所治"谁云病未能"一印，取法古玺，金文入印，朱文刚劲有力，竟是他胃癌手术后，用锤凿印所创作的。再读他的日课表："上午六时临帖，七时作书，九时刻印，十一时读书，下午一时刻印，三时著述，七时进酒，周六和周日下午会客，工作时间恕不见客。"工作之余，他拂晓即起，磨好一大砚池墨，书写到日出方进早餐，这个习惯一直保持到晚年。由此仿佛明白了"特健药"的含义。久在人世，谁也无法抵御身体和生活所遭遇的疼痛和困境，支撑我们的是某一种执着、热爱。这份专注仿佛是一剂特健药。

谁云病未能，特健药，无非源自一份痴。

都云作者痴，谁解其中味？苏州宝丰堂，从事文玩艺术品几十载。堂主谢峰善刻，白文冲刀见长，以百元一字计，润格实属菲薄。从前去苏州博物馆看展时，几次登门，挑选十多枚闲章。其所刻印章，多为世人喜欢的诗词雅句，风格开合大气，方寸之间，刀走凌云志，颇得文人青睐，从书画圈跨界到文学圈。我也曾多次购买过他代理的苏州名家扇面，也曾嘱他刻竹根。他嫌竹根太硬，而改用菩提子替之。忽而一天，他女儿发布讣告。接续的日子，看到其远在国外的女儿委托至亲散卖宝丰堂积物存货。谢峰已死，算来年纪并不大。如今宝丰堂已歇业，朋友圈仍不时更新闲章售卖，皆为其生前所刻。痴了一生，只为生计苦。

前人称刻刀为铁笔，可见执刀者既要有笔上书法功底，更比书法费劲费力。认识孔先生，也是偶然。彼时其尚在杭州某市场练摊售印卖文玩，那间小店铺还是与他人合租的。我在店中挑了样玩物，付了钱，发现竟是宁波同乡，不免多聊了几句。他八岁时因触电而失去双臂，人生不幸。后启蒙于宁波两位篆刻家，再得西泠印社里名师悉心指点。三十个寒暑，痴于篆刻，以脚治印，入过不少省内外的专业展览。我观其印章，有传承有创新，高过寻常人水准，原想购一枚，却没有合适的闲章，若是定制，价格虽仅一百元，然而彼时没有快递，往返杭州取件多有不便，只好作罢。

他的妻子，是个寻常人，却有不寻常的勇气。新疆石河子姑娘，二十多年前，看到他的报道，为他的勇气和才气所折倒，只身前往宁波。两人一见倾心，喜结连理。婚后迁居杭州，白手起家。两个外乡人，因文化而走在一起，又以文化打拼自己的天下。

后来交集甚少。自媒体兴盛后又见他开直播，多有往来日本搞展览，研究日本回流之古物。篆刻，既有谋生之苦，亦有精神之娱。

“一病身心归寂寞，半生遇合感因缘。”西泠八家之一钱松，生前曾刻过这样一枚印章。以笔事刀，十足的书写味，方笔碑意，愈拙愈古。这样一个善弹琴、善画山水、嗜好金石的斯文之士，在当年杭城被攻破之际，竟举家饮药自尽。也许自古以来，文人身上都有这么一种烈性的士气，文化为钢骨，守着气节的底线。

在孔先生的展览中，也有这样一枚，与先贤有同怀之慨。孔先生如今被誉为神足刻人。我曾看过他的视频。坐在一个宽大的平台上，印石已覆好墨稿放在书桌上，他的双脚搁上书桌，右脚熟练地摘掉眼镜放置一边，左脚小脚趾与次趾夹住印石，右脚大脚趾与第二趾夹住刻刀。身子俯下来，面部离双足一尺左右。看着他近一米八的身子躬成虾形，百味横杂。我们不得不对生命中的困境一再低头，但我们从未放弃。无常说来就来，逃不掉挡不了。但精神和审美上的救赎，凭借自身完成。“世界以痛吻我，我却报之以歌”。那个视频，我没有看完，觉着莫名的难受。

吴让之有一枚两面印：“只愿无事常相见，但使残年饱吃饭。”似乎正写出了人生的两面。赵之谦给魏锡曾刻过一枚“印奴”，吴昌硕有一印“印丐”，王福庵亦自称“印奴”，先生们以戏谑的口吻，保持美的尊严。让翁还有一印“画梅乞米”，边款也是饶有趣味：“石甚劣，刻甚佳，砚翁乞米画梅花，刀法文氏未曾解，遑论其他。东方先生能自赞，覩者是必群相哗。让翁。”这枚印是先生六十后得心之作，从他自赞如此足以可见。

“画梅乞米”的典故最早应始于元朝王冕，王冕画梅是小学教材中的故事。他携妻儿隐居，安贫乐道，以画自给，过着“画梅乞米”的生活。前文提到的汪士慎也是爱梅之人，所画墨梅常钤有“画梅乞米”印，其笔下梅花，以繁枝见称，千花万蕊，有空裹冷香、风雪山林之趣。其五十四岁后左眼病盲，治印“尚留一目看梅花”。明明是画梅，却又和乞米并置，一面是审美的超凡脱俗，一面是局促的现实生活，多少人在这两者之间艰难地保持着独立的人格与审美的境界。

二〇一七年十二月的一次秋拍中，赵之谦刻青田石自用印章“为五斗米折腰”以千万落槌，加上佣金一千两百多万元成交，创造了文人篆刻新的纪录。青田石，温润，清正，若谦谦君子白衣寒士。

孔先生的印章从几十元卖到几千元，并非依仗炒作和同情。我看过他的印谱，有西泠印社执行社长刘江先生题签，既有取法古玺，也有汉印之风，挺劲秀雅，以薄刃冲刀去追求汉印光洁妍美。有一方边款：“以宁波大松石制真如斋三字，时在丁亥初秋于钱塘江畔。用刀率性自在，力度把控恰到好处。”撇开“足刻”两字，他的篆刻作品，功夫不输常人，正如某一篇报道中，他说：“请你收回眼神中那一丝怜悯和异样，用完全正常的眼光来看我。我只是比你行动相对缓慢一点而已。”

2022 年 5 月定稿

牡丹

1

知己有恩。

北宋文学家欧阳修曾为故友张先作《张子野墓志铭》，谈及“平生之旧，朋友之恩”。近千年后，寓居京城的齐白石刻下一枚印章“知己有恩”，并在边款记下：“欧阳永叔谓张子野有朋友之恩，余有知己二三人，其恩高厚，刻石记之。”齐白石印风粗犷，取法汉代急就的将军印。他早年在京师卖画，价格低于一般人还少有问津。后来陈师曾劝他自出新意，大胆革新技法，又亲自带着齐白石的作品到日本举行画展，助力白石显名中外，展览作品全部售空。陈师曾称得上是齐白石的知己。

无独有偶，翻阅西泠八家的印谱，翻到丁敬的一枚白文印“只寄得相思一点”，读到边款发觉并非寄给女子，而是给好友金农：“老友冬心先生。好古拔赏。与余有水乳契也。客维扬不见者三年矣。书来。作此印答之。戊寅三月，丁敬并记于无所住庵。时年六十有四。”陈豫钟（号秋堂）曾治一枚印章“此情不已”，流落民间，边款是“庚申五月作于汤氏之宝铭堂，秋堂”。算来应该是在一八六〇年夏季。令我感怀的是同为西泠八家之一的陈鸿寿（号曼生）的补款，大致意思是因陈曼生常向孙古云称道陈豫钟的印章好。孙古云某次在地摊上看见此印是陈豫钟所刻，花重金买来，特别珍惜。只可惜那时秋堂已经辞世数月了，秋堂去世后还能交到古云这样的印友，可以无憾了。二陈之间的情谊确实如印文所言“此情不已”。

高山流水，生死不渝，得一知己可以不恨。

杭州下天竺法镜寺旁，莲花峰东麓，有三生石。早年我抄经习书时曾去参访。三生石在山腰，从下天竺后门出，拾一段清幽小道，偶有大树斜出枝条半拦着山路。并不远，几百丈路，转过一角亭子，祈福的红绸与木牌便映入眼帘。大树蓊郁，几株古树间，三块巨石，石高三丈许，中间那块，向内的石面上额刻有篆书“三生石”，不知是谁所镌。边上刻有的民国时期《唐·圆泽和尚·三生石迹》的碑文。据说石上曾有唐末五代高僧贯休的楹联题刻，然我并未看到，许是唐宋时远，题词石刻大多已模糊不可辨认。倒是

查到在清初《西湖佳话》和张岱的《西湖梦寻》中都有涉此石之记载。

三生石的故事，其实是两个男人的三生践约。有说典出唐代袁郊的《圆观》，又说苏轼的《僧圆泽传》也记录了这段传说。我所阅信息中多数道是圆泽禅师，讲的是他与居士李源的故事。两人性情相投情谊深厚，互为知己好友。禅师明知陪李源走水路赴峨嵋，会遇到生死劫，依旧顺了李源的心意。所谓行止固不由人。果然在荆州遇到宿命，水路相逢一个怀孕三年迟迟未生的女子，就是禅师下一世的母亲，禅师只能坐化投胎，这一世的缘分终了。灭度前，禅师说，十三年后，在杭州下天竺寺门外相见。生死离别，李源悲悔不及，怪自己坚持走水路害得好友丧命，从此天人相隔。十三年后的中秋夜，李源自洛适吴，赴其约。至约所，听闻有牧童扣牛角而歌之："三生石上旧精魂，赏月吟风莫要论；惭愧情人远相访，此身虽异性长存。"果然是禅师转世。一个真信士，守时守信去赴约；一个隔世践约，穿越前世来到今生见前世的友人。

我喜欢这个故事的中性叙述，不流俗于男女情事，更是人与人的信义。人间情谊有很多种，两肋插刀是一种，知己有恩是一种，此情不已也是一种。

2

乙未年（2015）过姑苏，夜来独往万卷堂听曲。万卷堂旧为宋代藏书家史正志的藏书楼，清后改网师园。网师园几易其主，多为文人雅士，遗有诗文碑刻，亭台轩榭花木扶疏，是古典山水宅院的代表。姑苏人有心，组聘了一支演出团，沿着参观路线依据宅院布局移步换景地安排琴瑟歌舞。入夜，月色盈盈，倚在美人靠，隔着脉脉水波，听箫声若隐若现。

步行至濯缨水阁，避不开一段《惊梦》。现代全息手段，灯光，实景园林的古韵，一时竟不知今夕何夕。长长的拖音，缠绵秾丽。斯人唱的《牡丹亭》，原是姹紫嫣红开遍，似这般都付与断井残垣。多数时候，我们看到的是《惊梦》片段，相遇，相爱，太美。然而又哪里会有完美？

其实我最喜欢的是《还魂》一章。杜丽娘梦见柳梦梅，相思成疾，伤情而死，又因柳梦梅深情而起死回生。情不知所起，一往而深，生者可以死，死亦可生。重点在死亦可生。殉情之事古已有之，然而死可复生不见实证。《牡丹亭》全名是《牡丹亭还魂记》，又称《还魂梦》。所爱还魂，谁人不想？又焉能做到？汤显祖做到了，他说：生而不可与死，死而不可复生者，皆非情之至也。汤显祖对爱情的期冀，也是我们的。

闲步庭院，见一对年轻演员在天井说笑，女子正在试身段，男子打扇，不觉竟痴了痴。此时此景，多像旧时的少年夫妻两情相悦举案齐眉，多么好，多么美。一切就像刚开始那样。

初闻不知曲中意，再闻已是曲中人。那个时候，一位年轻的美籍华裔翻译家，正在翻译我的诗歌。她给一个加拿大诗歌出版社投稿，他们有意向出版她的诗歌翻译小册，里面包含最近两年翻译的代表作品。(这种小册的英文名叫 chapbook，在北美和欧洲文学圈流行，为四十页或以下的手工制作限量版小诗集，除了阅读也有一定的收藏价值。) 小册中会有她翻译的五位诗人的作品，分别为废名、秋瑾、戴望舒、小西和我。其中每人会选入三首诗歌，包括我的《举着鞭子的手停不下来》《独白》和《天一阁》，前面两首是重印，最后的那一首是首发。加拿大历史最悠久的女性与少数性别文学杂志 *Room* 希望能够发表几首我的小诗。另外有个美国的文学出版社也有兴趣在他们的网上发表我的那首《举着鞭子的手停不下来》的英文译文，问我有没有其他类似题材和风格的诗歌，希望考虑一起发表。她们说很喜欢这首诗，讲家庭而又很诗意，写出了日常生活中的残酷。而美国的一个网络杂志也希望能发表我的诗歌《独白》，并能和她们交流一下创作的感受。这个网络杂志喜欢发表描述各个国家地区的诗歌，所以译者写了短的介绍，强调了我所生活的宁波背景。我陆续签署了翻译授权书。

《独白》这首诗歌终于从我的诸多诗歌中被发现了。译者有敏锐的诗感，问我诗中的“教场山”有否独特意义，“喧嚣的集体自尽”和“独白”是否存在对比，是否有类似于埋没、逐大流、放弃个性与独立思考的意思。

那首诗已经写了八年了，写的是生命意识、岁月与每一个人带来的苍茫。那时我还只是个三十岁出头的少妇。四十岁的女人和二十岁的女人，经历与心态皆不同。那个时候，我正在读《过于喧嚣的孤独》。因为外祖母百岁冥寿，民间风俗过了百岁就转世投胎去，后辈可以不再祭祀。忽然觉得自己来处更空了一点。外祖母对我有煦伏之恩，恩逾慈母，是我最爱之人，二十多年前她离世之际，我曾觉得这世上再无亲人。

生命的意义与归宿在哪里？你知晓祖母葬在哪里，却不知道祖母的祖母在何处。但具体的生活仍在继续，爱恋，欲望，桃花，姑娘，青草从石板缝中生长出来。石板之硬与青草之柔软，永无止境。究竟什么是恒久？究竟谁是主宰？所以就写了《独白》。

教场山是城中的一座小山丘。早的时候叫晒网山，因为这片地方从前面临大海。明时山上有烽台，俗称烟墩，为抗倭之用。山的东南面开辟教场基地，作为操练兵马之所，也是斩首示众的地方，故后人称为教场山，并一直沿叫至今。教场山上从前是墓园，历代人们的安

葬之地。我读书的时候，有时会一个人去墓园里静坐，想到历史、战乱与繁华、死亡、时间的神秘性。

现在教场山上的墓已经迁走，四周越来越热闹，已改成公园。沧海桑田。这样一个意象进入诗歌，虽然是具有地方特色的地名，是偶然的但也具有某种必然性。后来者也许并不知道，自己就站在古人的墓址之上，就像生建立在层层的逝去之上，就像青草长出来。

“人间亦有痴于我，岂独伤心是小青”。翻《中国历代篆刻集粹》，翻到赵之谦，其所篆印文“俯仰不能弭，寻念非但一”“如今是云散雪消花残月阙”（两面印）。四面长跋，白文楷体《亡妇范敬玉事略》，间有界格，工整规肃。赵之谦所撰，门人钱次行刻之，也就是钱松的儿子钱式索篆代刀。

据年谱记载，赵之谦十六岁母亲殁，兄为仇诬，以讼破产。十九岁娶妻，妻子范敬玉读遍五经，喜为诗，书宗率更（欧阳询）。同治元年（1862），战火烧至绍兴。范敬玉避难至母家，幼女夭折。不久范敬玉病殁，年仅三十五岁。家中所藏文物俱被战火吞噬。因战事阻隔，数月后赵之谦才得知妻女去世的消息。家人死徙，屋室遭焚，赵之谦悲痛欲绝，刻了“我欲不伤悲不能已”“三十四岁家破人亡乃号悲庵”等印，从此改号“悲庵”并刻印，边款云“家破人亡，更号作此”。

同年夏，赵之谦感怀七世祖赵万全千里寻父金蝶扑怀的故事，再刻“二金蝶堂”斋号印，汉铜印风格。边款中流露出对先祖孝行懿德的追念和对自身遭乱离、丧家室的遭遇悲怆，当年先祖遗骨尚有后代走寻而负归，如今自己“剩一身，险以出”，潦倒天涯，唯有泪下。

刻此石，告万世。

我更相信，他的内心，盼着妻女亦能化为金蝶扑怀归来。

3

连着几年去看牡丹。城南，山下。一个四合院的南边。周围有矮墙与世相隔，散落的豆萁，青菜畦开着淡黄色的小花，一丛丛的，高高低低，分外野趣。有雅士芳兄从洛阳移植牡丹八百株，只一色，白，单瓣，浓而不艳，艳而不俗。

我喜欢牡丹是自遂昌看《牡丹亭》之后，文化与美色的相融，那种美，竟有了脱俗的意味。我还为汤公园的牡丹作了一首诗发在《诗刊》上。有老友乔迁画室，自号宽庐，我曾赠牡丹一盆，老友作画以答，在一张民国旧纸上画两浓一淡牡丹三枝，落款题：“吾自幼习画常随性而发不入时赏不画牡丹也。时以丙申三月吾居宽庐作新画室，极目远望，阡陌纵横，背倚峙山而翠色欲滴。时小友来访赠余牡丹一株以添雅色遂作此。”读来犹觉满室生香。

匆匆韶华，春之将尽。

访名苑名花，八百株洛阳白牡丹，藏于青山与闹市之隙，花叶蹁跹，单瓣，清气。我着一身白衣，流连于千百朵牡丹之间，仿佛自己也风姿绰约。

莫名却想起捷克作家的《过于喧嚣的孤独》。赫拉巴尔说：“我之所以活着，就是为了写这本书。我为它而活着，并为它推迟了我的死亡。”这是一部带有自传性质的小说。一个废纸打包工的独白，地下室、书籍，珍视与销毁。耶稣和老子的对话，暗喻，意识流，哲学与终极思考。这生的喧嚣，这孤独。

在书中，他最后一次回到地下室，将自己和书一起放入机器中，按下按钮，开动压力机，在最爱之处结束生命。那一刻，他看到了年轻时爱过的姑娘。一九九六年底，赫拉巴尔因病住院，在即将出院时，从病房窗口坠落身亡。

生命难以承受之重。最残忍不过是对美的毁损，因为我们爱得深切。

去岁庚子春，传统花朝节，再赴芳兄小园赏牡丹。芳兄之父沈老先生，善工笔，十余年前在我所在艺术馆举办过展览。那时就可见芳兄孝心。彼时其母尚健，芳兄感慨母亲一生默默扶持父亲，成全了父亲写字作画的雅兴，在展览中特意要致辞向母亲表示谢意。逝水流年，其母病逝之后，留下老父亲，为了照顾年迈的父亲，这数年来，素来喜欢游山玩水的他足不离乡，陪老人颐养天年。厅堂间所见皆是老先生的工笔花鸟、有线描稿，有墨稿，有重彩，松枝茂然，鸟羽纤毫毕现。

芳兄之父，已是入杖朝之岁，又小动手术，芳兄忧愁之心言语难表。不想他术后两日能自然行步，如此高龄目力尚能作画，也是奇事，想起赵之谦的“二金蝶堂”，或许真是父慈子孝之感应吧。问及前园牡丹，可有开否？不意芳兄答：他早已无意身外之物，只求与父亲相伴终日，能博父亲宽心一笑为乐。全然已抛却牡丹。遂唤来嫂子陪我共探牡丹园，但见满园花开，独立东风。

便无限想起我的外祖母。我曾尝过“子欲养而亲不待”的悲，又尝过知己先往之痛。谁能阻挡时序的更替。美，终究是要败的，要碎的。

外祖母落葬之后，不知缘何墓前的野松柏枯了一株。十年之后，外祖父归葬，乘着动土之际，重修坟茔。我又另购了一株柏树上山，劳表哥手植。有一年好友陪我去扫墓，我老远指着那两棵树说，外祖母的墓最好认了，远远就能见到一株高的松树和一株矮的柏树。未料隔年，好友也辞世了。人生聚散信如浮云。

十年生死两茫茫。外祖母去世二十年，我仅梦到一次；故友亦是。此生不会再相逢。为外祖母写过诗，也写过散文《外祖母的床》，收录于《〈散文选刊〉创刊30年散文精选集》，然而我既不曾等来《圆泽传》的

三生践约，也不敢妄想《牡丹亭》的死而复生。人世间多的是黄土埋幽，与生俱尽。那些传说实则是因为不可能而美之。

看着满屋子老先生的笔墨，看着友人与老父亲寸草春晖、扇枕温席，分外羡慕。朋友说，牡丹是富贵花，寻常人家是舍不得剪的，更不肯赠与外人。我心既已视富贵如烟云，你若喜欢牡丹，我也舍得，一下剪了五枝，取五福临门之意。

有许多美是建立在冷峻的死亡之上。所谓向死而生。比如牡丹插在汉富贵砖改磨的花器中，组成“花开富贵”，却少有人知晓，这些吉语砖大多是墓砖。

“是花都放了，那牡丹还早。”想起那年去看牡丹……白牡丹，干净得像个谎言，她开得那么白，让朗诵祭文的语调慢下来，让灵魂暗下来。

我们都有过人生最美好的日子。

那年牡丹花开的时候，我正在抄《春江花月夜》。

那时我们最爱的人都还活着。

2022 年 7 月定稿

梦有故人来

1

约十年前，我尚在陈之佛艺术馆工作，策划一场本乡名士见大草堂所藏的古代书画展，共有展品约三十余件。文徵明、祝允明、董其昌、王铎等多位名家墨宝，另有一卷唐人写经佳作。

彼时我尚混迹于文学圈。恰邻县鄞州有活动，四方学者作家云集。有一文友，性笃，早年皈依。那时节我因长辈猝逝，心中郁郁。而文友之师坠楼自尽，也是悲壮，文友有个心结，恩师去后一直不曾梦见，竟不知碧落黄泉人何处。谈及浙东名寺五磊寺，便邀文友过来一叙，不妨听听尘外方家之言。在古寺用了素斋，留下他与方丈在茶室促膝相谈。而我独在庭院望月。月既不见，但听得流水潺潺，偶有山鸟一两声鸣叫。

下山返回闹市。深夜至艺术馆看展。夜深人静，能听得我的高跟鞋敲击出的清响。文友习书临学黄庭坚，对书画颇为偏爱。文友蓦然在一幅字前停驻，竟有震诧之感。

那幅字，便是邓石如的《山居早起诗》：“晓起犹残月，柴扉破雾开。呼童扫花径，梦有故人来。”

缘分便是如此。邓石如行书原不在展览计划中，因布展时考虑整体效果，见大草堂临时增加四幅，此卷名在其列，仿佛就是为了等候一场遇见。

是夜，友人宿慈溪。次日相见时，见其神色已缓，方知他于凌晨时分终于梦见恩师，与之欣然对坐，笑声爽朗，令他心安。无论是否巧合，既能为友人纾解忧愁，也是快事。

十年之后，轮到了我。桂友兰交遽逝不返，痛彻心扉。友人火化之日，恍惚有梦，见其归隐道山，隐约见有摩崖石刻三尊佛像，有北朝之风，类河南洛阳龙门石窟气息，却又是黄泥砂石铺路；另留有一偈：解我所绑，放我归去，绑即猛虎。

问及友人亲属，故人生前可有去过类似石窟？告知曾赴河南安阳宝山之麓万佛沟考察，欲帮人牵线开发旅游。发来的照片中见山脚果有黄泥砂石路。查阅知是国内现存最早的塔林，它早于文献中记载的终南山塔林。塔林属佛教建筑，意指僧人的墓群，多坐落在寺庙附近。东魏以来至北宋乾兴元年间，多有出家僧尼和信徒居士，在灵泉寺侧的岚峰山与宝山之间依山遍刻石窟，是国内最大高浮雕塔林。又与殷墟邻近，便成此行。

车行至中原，平原开阔，黄土绵延。无由想起孟郊的诗句：“兰交早已谢，榆景徒相迫。”这位生于江南卒于中原的“诗囚”，仕途多蹇，行踪不定，四十多岁才得进士登第，后在一地方任县尉三年后请辞，六十多岁暴病客死他乡，一生清贫，唯余唐诗五百，《游子吟》名满天下，可惜他到底没能归葬故里。“兰交早已谢”。“兰交”常喻指意气相投志同道合的至交，元代贻溪先生也曾为故人写有挽词：“零落伤兰桂，孤高叹凤鸾。从今门下客，长铗向谁弹？”人生几人有幸遇桂兰之交？又有几人不是游子独行？你我皆是中道折翼只身江湖之人。

三千大千世界，山石微尘。访殷墟，次日在当地人陪同下前往灵泉寺万佛沟寻查。中原文化的神秘与丰富，逐渐立体起来。

殷墟。妇好墓。商王武丁对妇好情深之处，在于他不舍让妇好葬到墓地，竟在宫殿墙内独辟墓室予以厚葬，生死作比邻。情之所至，生死无阻。且他多次问卦询问妇好在冥界的境遇，为护妇好周全，听从卦辞之意，为妇好另配冥婚。情之所至，并无嫉妒与独占。

聚散离合，古难全。

我喜欢妇好墓中的陪葬玉器。温润，精致，令人遐想，勾勒出一代飒爽女将温婉动人的一面。战场归来，长发散下来，一支玉簪浅浅挽就。文化，艺术，赋予死亡以美的光华流转。

诚然，美是最好的陪葬品。曾有一块老玉璧，旧时官员身上的配饰。中间雕刻一朵大的五瓣梅花，边上围着五朵小梅，有高洁之意；又间以莲花，一路清廉，四季平安。在明代这种玉花很多用在霞帔发冠上。我用小叶紫檀、青金石和玛瑙串着，故友生前曾夸过一句好看。赶去送葬时，托亲属将之放入了故友墓中。本非血亲，也怕冒昧，亲属六次焚香问签，结果都是愿意，便接受了这份身后之礼。埋玉空遗恨，潸然泪满襟。

2

据梁思成和林徽因考证，现存年代最早的唐代木构建筑，是山西五台山的南禅寺殿和佛光寺大殿两处。唐代以前只留下石窟石塔。如此，唐塔、唐窟、唐龛、唐碑，皆是研究历史文化的重要依凭，而灵泉寺万佛沟恰好都具备了。

从闹市驱车往宝山。田野渐次繁密，山林渐次茂盛，人烟渐次稀少。绿意加重，加重了避世的深意。《重修灵泉寺碑记》有载："灵泉胜景在宝山一隅。八峰环卫，林谷清幽，静似太古。"灵泉寺始建于东魏，盛于隋唐，有"河朔第一古刹"之称。寺中守门人带我们参观了寺院，寺内有天王殿、玉皇殿等，儒释道颇为融洽。民间的信仰，实则对应的还是俗世的诉求。

寺中遗存有唐代九级密檐方石塔，守门人看我们远道而来，打开关着的门扉，许我们就近观看。石塔一对，有中国传统楼阁式建筑的特征。塔身和基座的纹饰，有北朝石窟的征象，又有古印度的文化元素，造型舒展大度。我对塔陵建筑并无研究，但翻阅了不少资料，从西安美术学院叶卫军先生的研究中可见，这对唐塔为单层密檐式石塔，上部九层密檐，石刻三层束腰须弥座，座中央束腰处刻有歌伎及宝塔造型。

而我最喜欢的，是塔座雕饰的乐伎，手持各种乐器，可以辨出箜篌和笙，拍了图片，发给我主修乐器专业的朋友，隐约分辨似乎还有排箫和拍板。吹奏、弹奏、击奏乐器皆齐备了，仿佛有丝竹绕梁之声。尤其是吹笙人，单膝跪地，双手持笙，鼓腮吹之，盛唐遗韵穿越千年的风烟而来。

“笙”又叫“凤吹”。传说春秋时期，鲁国娘娘爱听鸟鸣，某日她听到凤鸣，却不得凤。皇上便下旨：七日内能求得凤者，重赏。有乐人天巧，熟知音律，找到合适的音高，在一竹管下端装上簧片，来到宫墙外近梧桐树的地方，吹响了自制的音管。正如唐诗所云：“玉桃花片落不住，三十六簧能唤凤”“凤吹声如隔彩霞，疑有碧桃千树花”。

音乐，歌舞，传说。有声，有形，有韵。一种春风化雨华枝春满的喜悦。一般佛塔雕刻常取材于佛经故事，少有生活情趣。但唐代的佛雕却有情于天下，不

再是高高在上的，而是入世入俗的生活场景。我们可以看到，在唐代，寺院成了传播佛教音乐的中心。唐代佛曲大众化、通俗化，甚至出现“士女观听，掷钱如雨”“教坊仿其声调，以为歌曲”的盛况。音乐，搭建了一个阶梯，让普罗大众走近形而上的高塔。

我想起另一场演出。慈溪大剧院，笙的独奏，伴奏，合奏。白色旗袍的女子，黑西装白衬衫的男子。低调，柔和，静。静，是一种境界。想起苏东坡的句子：且来花里听笙歌。上海音乐学院教授、知名作曲家何占豪先生亲自编曲，亲自指挥。他与同学陈钢合作的小提琴协奏曲《梁山伯与祝英台》是中国音乐史上的经典作品，曾为整个东方的音乐赢得声誉。

这次听的，是他作曲的《清照情》。这是先生为笙创作的一首作品。取材于宋代女词人李清照的作品，用协奏曲多乐章的形式来表现易安一生多情坎坷。何先生选择诗人四首具有代表性的作品作为四个乐章：《昨夜雨疏风骤》《惊起一滩鸥鹭》《望断归来路》《死亦为鬼雄》。先生在旋律、曲式结构、情感表达、和声色彩上都作了新的尝试，在伴奏形式上探索性地采用弦乐四重奏来辅助笙，最后两个乐章加上了钢琴，让整个乐曲抒情而有力。

清越，复式，慢板、轻快的慢中板。引子引入，大提琴、中提琴、第二小提琴、第一小提琴先后逐一加入演奏，春光无限，海棠自得。单音，既紧凑又悠长、美而忧愁，一段自问自答。过渡到单音与和音相遇，伴奏的弦乐四重奏全是拨弦。

有过思念、珍惜；有过欢快，雀跃，活泼泼的样子。而后转入慢板。动荡不安，聚少离多，无限伤情。孤寂与呼唤，潦倒，铿锵。四个乐章，就是浓缩的一生。

何占豪教授与我们当地的青瓷瓯乐团有着长期的合作，吹笙的女孩子是瓯乐团的副团长也是上海音乐学院的研究生，演出的大部分伴奏是青瓷瓯乐艺术团的民族乐队：二胡、笙、笛子、古筝、扬琴、琵琶等。次日，因我先生是音乐迷，陪他去下榻酒店拜访何教授。谈及音乐创作的座右铭，何教授坦言："外来形式民族化，民族音乐现代化。"诚然，小提琴协奏曲《梁祝》把民间传说、越剧曲调与西洋乐器作了一次完美融合。是古典的，也是现代的；是东方的，又有西方元素。在何教授四十余年创作生涯中，除《梁祝》外，还写了二胡协奏曲《别亦难》、古筝协奏曲《孔雀东南飞》、筝乐诗《陆游与唐婉》等一大批民族器乐作品，对传统乐曲《春江花月夜》等也作了改编。先生爽朗，清瘦，颇有易安词中风骨。

是唐，是宋，是当下。是音乐，是情词，是风骨。

在灵泉寺的唐塔雕刻中，我们也可以看到很多中西融合的痕迹。譬如笙和箫，属于中国传统民族乐器，而箜篌是从古代波斯传入的。我那主修乐器专业的同事告诉我，在乐器的命名中，我国古乐器常用单音字

命名，笙、筝、箫、琴、鼓之类的，当然前面可加定语比如排箫、拍板，但像箜篌之类的连绵词，常常是国外传入的。大唐盛世，万国来朝，可以想见文化的对流与融合；或也正是大唐的敞开和包容，造就了贞观之治开元盛世。

3

聚散开合，蔚为大观。

灵泉寺万佛沟的摩崖浮雕塔林，有“小龙门”“中原莫高窟”之美誉。中国佛教考古和新中国考古教育的开创者、北大考古系宿白教授名之为“宝山塔林”。

从灵泉寺出来，走一段山路，看到北齐双石塔。青石构建，单层亭阁式，主塔中空，原存高僧舍利，塔身刻有题记：“宝山寺大论师凭法师烧身塔，大齐河清二年三月十七日”。右侧为陪衬塔。据传是中国野外最早的双石塔。叠涩三层，大覆钵塔顶，线条粗壮的波浪式图案，塔刹由斗型刹座、三重相轮、宝珠组成，简洁大方，正是从北魏过渡到唐的风格。

穿过正在施工的黄泥砂石路，拾级而上。错落层叠的塔林渐次浮现。一侧是野木葱茏，一侧是墓葬塔龛。太行余脉，石灰青岩，前人的情思，因千年间历代中原工匠艺术和审美的外化，而有了与众不同的存在。

故宫博物院研究馆员王中旭有关于灵泉寺万佛沟塔林的研究生论文，可知，保留下来的石窟和塔龛有两百四十多个，佛像几百尊，高僧铭记一百多篇。始凿于北齐，初成规模于隋，盛于唐贞观、永徽、显庆年间，其后一直未曾间断地延续至开元年间，名列第四批全国重点文物保护单位，是研究古代建筑史、石刻艺术史、佛教史的珍贵文物。

万佛沟灰身塔大多为覆钵式塔，是北齐、南梁帝王所大力推崇的，覆钵就如古时僧人化缘用的碗倒扣过来。守门人告诉我们，塔龛大多开凿在高约五百米左右的山腰上，石灰岩石质坚硬不易崩塌。有塔形龛、屋形龛、碑形龛、拱形龛、马鞍山龛、造像窟等，灰身塔由基座、塔身、塔檐、覆钵和塔刹组成，塔身正面开门，内雕高僧影像、佛像或居士像。宝顶有印度风，中间常为托塔力士，下方是本尊佛像的舍利穴，供奉佛骨、佛像、佛经、僧尼遗骨。也有先实行林葬，再拾遗骨进行火化。有的连舍利穴也不设。大的洞窟形如斗室，内有高浮雕佛像多尊；小的佛龛雕塑仅尺余见方。常伴有铭字题记和经书。

以大留圣窟和大住圣窟最为著名。这两窟开凿于南北朝末期与隋朝初期。大留与大住。留住。

大留石窟在岚峰山东侧，惜被盗掘严重，而今封塞。有石阶小路蜿蜒而上，跟着守门人，辗转爬坡，偶有树枝挡道。片区所见基本是比丘尼的灰身塔了。看到甚多大唐石雕，纹饰飘然如曹衣出水，有的连项间的挂珠和手持珠都历历可见。我读残碑，依稀可辨断断续续的文字：舍恩弃俗，入道求真，持律，开悟……慈灯之永灭，收其舍利，于此名山镌高崖而起塔，写神仪于龛内，录行德于圹侧……想起《华严经》中有云：或名慧日，或名无碍，或名如月现，或名迅疾风，或名清净身……或见心寂静，如世灯永灭。

以两窟为中心，从东到西千米有余，浅龛造像密布山崖。佛龛比塔窟省工省料，依山靠崖又节省田地。较之佛教信仰与哲学问题，我更感兴趣的是美学上的交流与承启。南北朝时期石窟装饰图案中可看到不少佛教常用图案，例如火焰、宝珠，植物类如卷草纹样和莲花纹样、动物类如神兽。这些纹样的运用在后世龛窟中有所延续。隋代塔龛厚重朴素，覆钵较小，装饰简单，龛楣多不加修饰。譬如道政法师支提塔，大隋开皇十年（590）岁次庚戌正月十五造，单层方塔，叠涩檐，开拱形门，没有门额和倚柱。身披袈裟之僧像结跏趺坐在蒲团上，形制简洁大方。而唐代龛窟华美，塔檐、叠涩、宝顶渐趋精致，多有缠枝花边、卷叶纹样、番莲纹、宝相纹、仰莲、覆莲与宝珠等，满密圆浑，线条繁复枝回叶转。花有正反相背，叶有阴阳转侧，又增垂铃、雄狮等图案。托塔力士，疑与歌舞乐伎造型互为借鉴，身姿更为优美，对称构图，均衡排列，甚至间有飘带相连。僧人像有站姿、有坐姿。坐姿也不尽相同。

大住圣窟的精美正是承北齐而开隋唐。大住圣窟位于西片宝山南麓，距今已一千五百年，故宫博物院网站断代为北齐作品，另有一说是隋开皇九年（589）。窟内外雕佛、菩萨、弟子、飞天百余尊，窟外的墙壁上凿满了佛龛和经书。火焰尖拱形门楣，窟门口左右两尊护法神王像。左侧迦毗罗神王，右侧那罗延神王，造型精美与刻画精细程度令人颇感意外。我曾读上海师范大学姚潇鸫教授对神王组合图像源流的研究，知在北魏时期就已出现此类组合图像。大住圣窟的神王头戴鸟翼冠、手持三叉戟，象首护膝、跣足踩神兽，从图像风格学、考古类型学上讲，是古印度、波斯及中亚国家等多种外来文化艺术与中国本土文化艺术的融合，可见文化交流之繁荣和民族融合之潮流。乍看如世俗武士，又似传统民俗中的门神。独特的是，两位神王像姿势不同于中国传统的神像对向而站，而是都望向东方。

听说这两尊神王是《中国美术史·隋唐篇》的开篇封面插图，但我并未找到那个版本。后在网上购买拓片，朱拓，但难辨真伪，疑心是翻刻版。

及至窟内。三壁三龛窟，属北齐时期较普遍的造窟样式。北、东、西每个龛窟均有三座像，可惜佛头都已毁损，皆为新仿。首都师范大学历史学院院长刘屹教授

在某次讲座中提及大住圣窟的佛头在一九二一年尚存，但在一九三四年已被毁。我便在这两个年份间有短暂的想象。边上七小佛龛，结跏趺坐七尊小佛。南壁遍布佛经和传法图，高僧每每双人对坐。藻井顶上是大朵的莲花，有飞天起舞，戴着花冠，手挽飘带，露手露趾，衣带蹁跹，舞姿窈窕。脸部并非南北朝晚期的秀骨清相，倒是面如满月，秀目狭长，眼若青莲花是美的，却不俗，在那样一种恰好中，一个朝代的美的痕迹便流传到了后世。在卢舍那佛的背屏中，竟隐约可辨有世人的涂鸦，大约是谁谁谁共同一游之意，不知他们留名之际可曾想过龛窟实则是墓葬之地？

很多人都想证明自己来过。却又偏偏不曾留下什么，甚至并未明了今夕何夕此地何地。万佛沟存在的意义，除了考古与历史文化艺术建筑上的各种价值，还在于留住。留住了一千多年前的那些人曾经来过的痕迹。今月曾经照古人，今人不见古时月，但我们凭借着这些遗存，触摸到那时风华。

留住，大留圣窟和大住圣窟，我们想留住些什么？又能留住些什么？

山空避喧，承风觉道。灰身塔又称为碎身塔、散身塔、支提塔。所葬不仅是灵泉寺的僧人，还远涉宝山寺、慈润寺、报应寺、大云寺、妙福寺、圆藏寺等周边僧尼和居士信众。我想在碑龛前留影，又有一瞬间的犹豫。

忽然就想起一个古玩爱好者，她有一套精致的明青花瓷器，有时用来喝茶、摆拍、发朋友圈，仿佛用旧时名瓷也是一种风雅。我们甚至没有想到也并不介意曾经使用过它的人已经死去。

林薄蒙翳，山道蜿蜒，另一头也有两三人，错身时，仿佛听得是清华大学美术学院的学生。万佛沟铭文题记以及纹饰，时间跨北齐、隋、唐（贞观、永徽、开元），可见北齐时期的隶楷书风又逐渐发展到唐楷的典雅化，吸引不少学者专家研究。清武亿在《安阳县金石录》中著录灵泉寺碑刻、石窟和摩崖造像文字的同时，也收录了部分灰身塔铭。

完整的经文或碑文已是难寻。但可供一观的也不在少数。塔铭题记大多是塔龛主名讳和造塔龛的时间，如“灵泉寺故大修行禅师灰身塔记，大唐贞观廿一年七月八日弟子等敬造”。短则十数字，长则数百字，有僧人，也有比丘尼，多数是弟子为师父所立，也有亲人立的。有镌刻经文，有概述塔主生平等，如禅师讳静感之类风神秀朗三空五净并得禅名云云。远溯东魏，经隋唐及宋，贞观之治开元盛世之间，那些追问终极意义的灵魂，苦修，掩埋。末法时代藉以保存的种子，并未湮灭。向善，向美，向真，空寂而恒在。我所见到的时日最近的塔龛不过百年，一尊小佛，在边缘的角落，题记是一位父亲为儿子所造。

便在小佛前多站了片刻。

无缘大慈，同体大悲。佛教的传入，打开了人们对于前世今生的想象。死亡，不再成为终点。以美致哀，丧葬文化与宗教、哲学、情感、审美深度结合，凝成一种寄托。

灵泉寺的守门人答应帮我寻一方适宜石刻的山壁，既不违反规定，又不损人之利，若是寻到，我愿为故友造像立碑撰墓志铭，以中原丧葬之仪为之祭奠。这些年我花了很长时间研究塔龛装饰文化的轨迹，传统与古典在现代美学、建筑学中的应用与借鉴。斯人已逝，除了美，还能做些什么？我们都是时间里的未亡人。

我乡有朱金漆木雕工艺大师，姓陈，善雕刻，曾被授予“全国能工巧匠”荣誉称号，于二十世纪九十年代成立雕塑厂，从事佛像、佛具及工艺精品的设计与制作。渠又钻研朱金漆技术，涵盖到传统家具和古建筑的装饰上。五磊讲寺有一间不常开门的五百罗汉堂，中间竖一整段大樟木高达七米有余，雕塑了五百尊罗汉，就是出自他的手。

我曾去他的民间非遗博物馆调研。在非遗馆的展陈中，一眼看到了万工轿。金，红，喜气，富丽。龙凤呈祥，麒麟送子，金银彩绣排穗，精致的金箔贴花，仿佛要把人间的祝福都雕刻在这样一座花轿里。全轿无一枚钉子，全是古老的榫卯结构制作，几百块可以拆卸的面板，藏有三百一十八个人物和三百八十六只花鸟虫兽，金碧辉煌。因工序复杂，材料昂贵，工匠们一起耗费一万多个工时制作完成，故称“万工轿”，曾获得中国民间工艺的最高奖“山花奖”。

在木雕的车间里，看到工匠们低头劳作，凿下去，木屑迸开来，木质的清香散发出来。我讶然于这样的搭配，他既以雕刻佛像见长，又以制作花轿著称。出世与入世的相融，毫无违和感。一边是静默、庄严、戒，一边是喜庆、闹腾、欲，或许这都是人生的一部分。也许在工匠眼中，不论是佛像还是花轿，皆属工艺之美的范畴。

后来又得知陈先生向浙江省非物质遗产馆捐赠这顶“万工轿”。中央电视台《国家宝藏》节目也进行展示和报道。又翻到他的一些雕刻艺术著作发表或获奖。十多年前，他与人合著了《宁波朱金漆木雕》一书，说：“我们不仅将这件传世之作复制出来，还将各道工序的图纸都保存下来，方便今后的传承。”

我于深夜发短信向他索要图册，描述着我曾梦见的三尊摩崖石刻佛像的样子。他发来线描图片若干，细笔劲勾，衣纹精美，背屏中的纹饰繁复华丽。后我又寻了善工笔人物线描的画家，与莫高窟壁画做了对比，琢磨着如何把故友的容颜与浮雕做一次整合。碑文却迟迟未能定稿，落笔即痛，难以成文。又需是怎样的书家来书写，或自己再好好临习以便亲撰亲题。还需找安阳当地

雕刻名匠。问了安阳文旅局的朋友，浚县有好多个石雕厂，印象中规模大的厂子，雕工应该不错。

不免又想起溥儒卖帖葬母之事。一生之短，如露亦如电，如梦幻泡影。何以安慰？唯有美。身后之事，所涉实物、信仰、伦理、习俗、艺术与情义，以郑重其事的美，给死亡披一件温情的纱衣。

想起从前游孤山，看到西泠印社有一处刻着“印藏”二字的石刻。下有短文，是当年珍藏李叔同金石印章的地方。李叔同出家之际，将平生所刻的部分印章赠给西泠印社留念，印社就封存在石壁之中以作纪念。如今印章虽已另藏，刻石仍在。散去半生种种，世上再无李叔同，却留了一段佳话。

抚摸故友手札，五言长诗，贯两页，末尾钤印。其书法类启功，有文人气。如此才子，梦断红尘，遽返道山；有我的复函草稿，一则小赋，记叙当年把酒言欢，一起填词，还命名一个新的词牌名“花也醉”，笑说要与易安居士的“醉花阴”媲美。

红尘种种，譬如昨日死。又备了青金石、老玛瑙、和田玉珠子、绿松石、黄金、白银、砗磲、琉璃等八宝，收在香囊里。与故友生前信笺放一起。梦中所寄的偈语，沐手小楷书之：解我所绑，放我归去。绑即猛虎。

“绑即猛虎”，这所有的牵挂、束缚，都是猛虎，终于吞噬。而我们终将明白，这些都是猛虎，及时回头是岸。这浮世半生，也到了封藏的时节。

偶得一枝老的红珊瑚，状似鹿角，分叉两支，颜色深红，纯粹，几乎可视作珊瑚中的阿卡级别。配两朵明代和田玉梅花，小指甲大小，五瓣。用金线绕一个配饰。那种手工制作常用的金银线，不能太粗，否则太硬不精致；亦不能太细，否则过于柔软，无法将玉片定型，反复比对大约是五分之一毫米大小为宜。恰好是一枝玉梅，花开两朵。

我用了数年时间，为故友做这些身后事。文士才子，奇人高士，来则来矣，走则走矣，到底要用传统与审美，做个纪念。

赵之谦在妻子去世两年之后，又刻了一方“餐经养年”的印文。印的边款一边为佛像，另三面的边款记：“同治三年上月甲子正月十有六日，佛弟子赵之谦，为亡妻范敬玉及亡女惠榛造像一区，愿苦厄奚除，往生净土者。”

很多痛，并不会随着时间而流逝。

4

灵泉寺前有地藏殿旧址，立着重修的石碑。碑额不知何字。看门人特意带我们看，并给我提了个要求。他前些年出事故之后记忆力日下，碑额四个字，他一直想不起来，问了许多来参观的人，都答不上。当地文管所的人说是“示不忘奂”，想请我帮他识一识。我自诩久在文艺系统，好歹认识些学者，便应承下来。那字体不似寻常的篆书，两头细长，略有出锋，初看竟像“柳叶书”。不免想起元代中峰明本法师的书法。

中峰明本法师与元代中叶书家多有交游，尤其和赵孟頫夫妇交往甚笃，赵氏夫妇尊明本为师。在元代那段时间，很多书家都受赵孟頫书法的影响，然而明本其书虽初学王羲之，但用笔随意，不拘一格，几无法则可循，笔画点墨状如柳叶。我搜索其作品图片，网上资讯有赵孟頫与明本往来手札多通。

元至大三年（1310），朝廷急召赵孟頫回京赴任，子昂已五十七岁，诸多不愿，身不由己，却不料长子染疾隔年病逝。在赵孟頫年谱中，有这样一段记载：二月二日，寄书札故友李衎，深怀旧谊……十三日，长子赵亮病亡，孟頫悲痛不已。二十七日，作楷书《金刚般若波罗蜜经》，以悼长子赵亮（由亮）。

据相关人士考证，赵孟頫在给明本禅师的信中，也言及此事，并将此经书寄明本禅师，请其为亡子“说法转经”。

在荣宝斋官网的“一念莲花开”拍卖专场的信息中，有相关后续的记叙，大概意思是明本禅师遵嘱为赵子超度之后，又加持作跋，并将经书交于幻住庵僧侣，出资让其请当时国内最为顶级之经坊“杭州众安桥北杨家经坊”刊刻。卷前刊刻的《金刚经》正文已湮没，只剩明本手书之刻经跋语与末尾的韦陀像。明本禅师将此事整个经过都写进这段跋文之中：“兹承翰林侍读学士赵公为长子七一舍人，年十六岁，遂尔云亡，乃手书是经，远自燕都寄来，求脱子于既迷，导神于得悟者矣，予于是焚香批阅过百遍，其笔力谨严，端庄粹美……”学界对此颇有争论。我非专家，且检出该网页有错别字若干，又从故宫博物院网站查询赵孟頫大事年表，知其长子赵亮至元二十七年（1367）生，至大四年卒，年二十二，而非十六。既存争议，难论真伪。专研书法的同事发我中峰明本《劝缘疏》和《十六应真图卷》书法图片，果然随性自在，略带汉简气息，如明代陈继儒所评，书类柳叶，虽未入格，亦自是一家。

我读过赵孟頫致明本的一些手札，内容多有悼亡伤怀，让我等痛失兰友之人感同身受。

“……盖是平身得老妻之助整卅年，一旦丧之，岂特失左右手而已也耶？哀痛之极，如何可言！”

“孟頫与老妻，不知前世作何因缘，今世遂成三十年夫妇，又不知因缘如何差别，遂先弃而去，使孟頫栖栖然无所依。今既将半载，痛犹未定……”

在赵孟頫人生的最后几年中，先后经历丧子、丧女、丧妻之痛。赵孟頫书致明本，可以看到赵孟頫为长子、幼女、妻子安排葬礼、普度等相关事宜。“十二月间，长儿得嗽疾寒热，二月十三日竟成长往……”“正月廿日幼女夭亡……近写金刚经一卷……望师父于冥冥中提诲此女……法华经已僭越题跋，承惠柳文，感佩尊意”。时隔几年，夫人亦先他故去，酷暑长途，三千里护柩来归。《醉梦帖》中有“得赐法语，又重以悼章、又加以祭文……至于祭馔之精，又极人间盛礼”等内容，《丹药帖》中也提到“九月四日安厝”诸事。

幻起幻灭，不足深悲。人谁无死，如空华然。

赵孟頫妻子管道升也是元代著名的书法家，与王羲之的老师卫夫人并称“书坛二夫人”。据赵孟頫为夫人亲笔撰写的《魏国夫人管氏墓志》记载：天子命夫人书千文，敕玉工磨玉轴，送秘书监装池收藏，因又命余书六体，为六卷，雍亦书一卷，且曰：令后世知我朝有善书妇人，且一家皆能书，亦奇事也。赵氏一门，三代出七个大艺术家。元四家之王蒙，得喊管道升为外祖母。书香传续，夫妻双绝，满门名家，真奇事也。

管仲姬不仅书法绝伦，诗词也是不俗，其《渔父词》之“人生贵极是王侯，浮名浮利不自由。争得似，一扁舟，弄月吟风归去休”。相较于子昂，我更喜欢仲姬的通透，于富贵之中，看透人生浮名。她一生随夫辗转，同甘共苦共进退，借病乞归，病故于返乡舟中。年五十八。赵孟頫父子护柩还乡，归葬吴兴，葬东衡里戏台山，今德清县洛舍镇东衡村。

“夫人天姿开朗，德言容功，靡一不备，翰墨词章，不学而能，处家事内外整然。”子昂在结尾处写道：“东衡之原，夫人所择。规为同穴，百世无易。树以青松，铭以贞石。婉娩之德，万古是式。”

三年后，至治二年（1322），赵孟頫病逝，与管道升合葬于千秋乡东衡山南麓。我曾去德清拜谒赵氏墓地，观赵孟頫、管道升博物馆，重修得差强人意。石砌青冢，有胡蜂在台阶上筑巢。未见青松，但得竹林掩映，绿出一点古幽之意。

读过韦应物为亡妻所作的墓志铭，读过蜀王杨秀撰文哀悼的《董美人墓志》，读过苏轼悼亡妇的《江城子》。怨此瑶华，忽焉凋悴。比翼孤栖，同心只寝。怎一个痛字了得？

重修地藏殿碑额的照发给不少专家请教，然而反馈的信息却给不出确切的答案，有中书协的朋友说是“永斋卧医”，有西泠印社的朋友说是“永永安殴”，请教了中国文联的朋友说是“不永妄殴”，又似乎语义不通。有位印友说是“永不妄医”，意思是永远不要乱看病，如此放在地藏殿似乎倒也合理。多人以为是六书中笔画有所增减的写法。我不觉汗颜，自以为浸淫于艺术多年，不过是皮毛都未识而已。

因未能完成灵泉寺守门人之托，羞于与之联系。守门人反给我打来电话，说是已经帮我找到合适的山崖，能雕刻，也无涉文保。

人世间重信者众，而我自愧不是。因近年突发疫情等诸多原因不便出省，我至今迟迟未去。

我的书案上，放着赵孟頫的法帖。翻开的一页，触目便是那句：

“弟子日惰（堕）在尘埃中。”

2022 年 6 月定稿

相逢在艺术的刀刃上

多年来，我一直在思考艺术和人生之间难以切割的关系。人生如画，有时你是画者，有时你是画中人。有时，我忍不住感叹一声：多么永恒的画面啊——

1. 素描与骨头，我们内在的坚硬在哪里？

没有人确切知道美究竟起源于何时。但是美提醒我们人与兽的区别。人类的眼睛，迟早要被光击中。

我是一个被击痛的俗子，骨头也感到疼痛。十七岁第一次跨入画室时，我还没有想到骨头与艺术和人生有着那么骨肉相连的关系。锦堂师范学校的画室很开阔，灯火通明，展出着不少学生的作品，没有一点骨骼的陈腐之气。每天夜自修，总有不少学生在里面静静地作画，有时走到别人那里观看或互相轻声交谈。画室里沉浸着一种神圣的宁静，仿佛怕惊扰了石膏像。

白纸、炭笔，学长们的素描作品在画板上散发出幽幽的光泽像是某种神秘的召唤。其实我并没有听懂它的召唤，与艺术的距离更加造就它的崇高和神秘，似懂非懂往往具有更为致命的诱惑力，我在边缘状态陷入一种令人苦恼的热切中。我的班主任陈老师美术专业毕业，大我几岁。许是感动于我对美术的热爱吧，她把办公室的钥匙给了我，允许我在课余时间去画画。

陈老师的办公室里挂着一个亚历山大的头像，我开始画结构素描。多数时间我自己琢磨，她在旁边看，有时看我实在搞不懂，就干脆自己拿笔做示范给我看。那段时间画了很多个头像，伏尔泰、海盗、大卫，等等，我每天看着他们面无表情地注视着我，而我要用一支铅笔左比右比打出他们的形准，要把他们的头想成长方体，找着明暗交界线，把他们的头发、胡子分成一个个块状的形体，用线条和明暗来表现他们的结构。那样的绘画毫无诗意，石膏像也毫无生气。我缺乏对素描的深刻理解和得心应手，那种无所适从的感觉很绝望。陈老师总是安慰我："急不得，在进步呢。一步一步来，素描是基础，跟以后学色彩也有关系……"

那段苦闷的日子我进步相当慢。我不会深入刻画，不会整体把握，我的线条缺乏自然律动感，更别说用不同的笔触营造出不同的线条及横切关系。可是，这是我所必须经历的一个阶段。为此，陈老师给我看了很多德国素描。她说德国素描在世界素描史上有着举足轻重的地位，值得一看。于是我遭遇了珂勒惠支（1867—1945）。珂勒惠支是广为人知的版画家，同样她的素描作品也有着震撼人心的力量。通过她的画笔，我首次看到死亡在艺术作品中的力量。那么多死亡题材的作品：《母亲与死去的儿子》（1907）、《死者、妻子和孩子》（1910）、《怀抱死者的女人》（1921）、《死者攫住一个女人》（1921/1922）、《死者与少年，飘然而去》（1922/1923）、《在不幸遭遇的工人身旁跪着的妇人》（1924）、《自杀的女人》（1928）……死者很平静，退居到次要的地位，而生者的表情摄人心魄。主角几乎都是平凡的百姓，这个人可能是她自己，也可能是灾难中的每一个平凡生命。正如她在日记中所记：“每当我创作一个女人的形象时，在我的脑际浮现的始终是一个看到世界苦难的女人。”

世界，苦难——这使柯勒惠支的作品具有高度的概括，她没有细致地刻画，甚至连五官也省略。她抓住了人物最强烈的特点，准确地完成她的叙述，我们可以从具有动感的线条中体会画中人物和画家本身所经历的情感过程。老师说德国素描非常严谨，建立在解剖学和透视学的基础上，珂勒惠支也不例外。我却震惊于她的表现主义。它们不是死的，它们是活的。狂草的线条充满张力，强烈的黑白对比构成难以回避的冲击。

珂勒惠支的一生经历了两次世界大战，她与千千万万遭难的人们一样，被战争毁去了家庭，夺走了爱子。在那些岁月，以千万计数的死亡显得如此刚性而草率。久经战争的她，说的不是透视学和解剖学，她透视的是生死与苦难，她解剖的是人生。人生，永恒的悲欢离合，永恒的苦难，永恒的无奈。珂勒惠支被誉为伟大的艺术家，在她的作品中我感受更多的是具有普遍性的无奈、惊惶、恐惧。面对暴力、欲望和死亡，人类在挣扎。挣扎，让她的画充满力量。我也在挣扎。我们都在做无谓的努力。战争无处不在。死亡无处不在。

让我冷静下来的是她的《跪在女人体前》。人与欲的主题，并不是奥地利雕塑“维林多夫的维纳斯”那样，把女性特征强调得极其夸张。没有，她很冷静。女人只露出不完整的背影，述说很简约，臀部的线条没有夸张，相反是省略的、克制的、收束的。但是寥寥几笔却勾勒出年轻、生命、女性的特点。我惊诧于这样的笔触，真实准确，无疑建立在对形体极其到位的把握中。欲望是具有摧毁性的，但显然也具有生发力，我们需要的是洞悉与自我制约。

而我将如何抵达素描？纵观珂勒惠支的画，我似乎明白了素描并不是画石膏像。为什么一定要画石膏像呢？我不喜欢石膏，它外表坚硬而内里空洞。有一次我辛辛苦苦从杭州买回来一个“海盗”，只是一个衣架的倾砸它便四分五裂。它太像我，面对伤害其实不堪一击。这些都构成了我练习素描的障碍。

我最终理解素描是因为我理解了几个关键词，例如：结构、本质。师范二年级那年，学校举办了一次颇有影响的校友会，其间我认识了中国美术学院的教授吴德隆先生，此后经常通信成为忘年之交。在他的推荐下，暑假我赴杭去中国美院进修。也就是在那次，导师带领我们去玉皇山捡头盖骨。导师说，要画好头像，首先必须掌握头部的结构。只有把头部的结构烂熟于心，才能把握好整个头像的外在形式。脸、五官、头发和胡子都是长在骨架上的。

幽竹深深，古木丛丛，在玉皇山深处，有一些无主的墓穴，失了碑，洞穴敞开着，骨骸四散。那个骷髅头就在洞口静静地望着我们。眼窝是空的，把人吸入虚无。谁也不敢动。导师观望了一会儿，说那个骷髅头已经残损了，没有多少研究价值，我们都松了一口气。看着我们紧张的样子，导师笑了，他说他第一次把头盖骨带回家的时候也怕得要命，一个晚上没睡着，总觉得屋子里有一种什么东西潜伏着，第二天一早，他就把头盖骨放到办公室了。我虽佩服他的勇气，可绝对不敢的，不仅怕，也是对已故人的一种尊重。但是导师关于结构的话语却从此领悟了。光穿过头盖骨上两个幽深的眼窝照亮我的眼睛。

肌肉、五官和表情都只是头盖骨的覆盖物，透过这些表面的形式，它们内在的支撑是骨头。是的，骨头。走入时间深处，千年大寐，一觉睡下去，剩下的也只是骨头。血肉尚且无踪，何况人的衣衫、配置以及身后种种？时间通过死亡，让万物显出原形。珂勒惠支一直在述说死亡和生命的真相，再残酷的战争无非是人与时间的战争，她的死亡系列，还有她的自画像系列——她几乎每隔五六年就要画一张自画像，从年轻至衰老都在激烈地述说：即使我们注定要败，我们还要坚持抗争。这是她的坚强与执着。这是我们所有活下去的人的勇敢和坚强。

画石膏像不如画骷髅头。在画莫里哀胸像的时候，我的心中充满了把握。他流畅的衣纹奔泻而下，我明白了衣纹的底下是肌肉，肌肉的底下是骨架。石膏像没有骨头，但是人有骨头。我知道这些衣纹该长在什么地方。那是我画素描经历中最有激情的一次，因为我完成了一次贯通。后来吴德隆教授来美院看我，看到那幅素描也说大有进步。

此后就开始喜欢素描，尤其是结构素描。用最概括的线条诉说自己对本质的理解。是的，骨头是人的本质。它支撑着生命的硬，内在的坚强才是真正的坚强。素描远不是画石膏像可以完成的，我们首先要找到自己生命的坚硬部分，历经死亡依然能够留下来的那些，例如骨头、信念或者闪光的思想。在这场与素描的争斗中，我最终赢得的是思想上的胜利。

2. 圆和方，某与我的激烈碰撞

我一直在等待某一次激烈碰撞。因为我忘不了珂勒惠支。三十岁上，终于明白为了避免伤害，我必须把自己磨圆。这与画素描从画石膏像开始而不是画骷髅头一样，我们必须心藏着骷髅头的真相而画出石膏像的表象。那么好吧，开始过一个正常人的生活，学会往实际的方向行进。饮普洱茶的辰光，友人说：做人要像铜板，外圆而内方。我的眼眶“腾”地一热。我的圆让我觉得羞耻，我的方让我觉得疼痛。普洱茶很淡，淡至无味，品不出一点香来，宛若沉闷的中年生活，或者君子之交淡如水的情谊。这样的境地，抚琴、论诗、习书都会是极雅的点缀，当然最好是即兴泼墨山水。这多么吻合我少女时代对生活的向往，高雅从容，宠辱不惊。这些日子，我已经开始教女儿画水墨山水了。国画养心，我希望她的心在墨香中得到润泽。可是，我知道，这些都是伪装的。倘使我没有遇到过珂勒惠支那

该多好。紫砂茶盏毕竟烫到了我，两杯下去，竟然心跳加速，嗵嗵嗵地跳，那么有力，仿佛要提醒我一些永远磨不圆的方。回家已是子夜时分，弦月含愁，蓝星如眸，夜空显得如此忧郁凝重。这样的星月夜易令人失眠，旋铺纸研墨，执笔却又难落，任墨汁一滴一滴滴下来，如同黑色的泪珠。这洁白的薄翼般的素宣啊……

最早画水墨是为了修身养性，中国画旷远的意境给人以宁静致远、静而养生的启示。于是注定要认识王维，不仅因为他被誉为水墨山水的鼻祖，也因为他是诗人。王摩诘认为“夫画道之中，水墨最为上”。他放弃了色彩，将水墨置于山水画的首位，取代了展子虔与李思训父子以来的青绿金碧山水。青绿金碧山水较之水墨，多少显出些媚俗来。而王维之画堪称文人画，包含着根深蒂固的庄学思想，山水的基本性格，是由庄学而来的隐士性格。王维有不少雪景之作，并非均为写实。作为诗人的他更懂得象征手法和意象在艺术中的运用。《雪中芭蕉图》，把夏日芭蕉与冬日雪景组合在一起，这仅仅只是一个小技法。他的《雪溪图》《江山雪霁图》，均表现出一派冬雪乍晴、气象萧瑟的画面。这种萧远让人想起他的诗句：“积雪满阡陌，故人不可期。”“隔牖风惊竹，开门雪满山。”那种冬晚对雪忆故人之情入诗入画，如同雪花漫天卷来，轻而凉，又仿佛一种断了的思念。断了，却又思念着；思念着，却又似乎断了。恰似王维与万丈红尘的关系。如此真好，超然世外淡定从容，那真是我曾经梦想的理想生活——那也许是我们许多人的理想生活。

然而雪景画总有不尽如人意的地方。纸是白的，雪也是白的。如何在白的纸上表现白的雪？这成了历代画者所面临的难题。传统雪景画中的“雪”都是通过“留白法”和“山石法”来间接表现雪的状貌。及至二十世纪六十年代以北方现代“冰雪山水画”的兴起克服了传统雪景画技法上的难题，他们研究出用矾水表现雪痕的技法，并善于用重墨烘托白雪与霜冰。材质上的突破和对比手法的运用使雪景画得到拓宽。我看了数本冰雪山水画的论著，广袤的北国风光煞是迷人，却总觉得少了些什么。也许有些问题，远非技法可以解决。

少了些什么？人生总会给出自己的答案。艺术和人生往往在哲理的高度得到统一。我被柯勒惠支击中的伤口一直隐隐作痛，等待着一次撞击。

这个撞击来得过于激烈。因为一本集子的出版收到一些稿费，单纯的我打算为社会做些什么。这个意愿说出来很大，很明显地受某种荣光的意识形态的影响，或者带有让自己羞惭的虚荣。我选择了去福利院。此想法由来已久。在报上看到过市福利院发布的一则带孩子回

家过节的消息，我也动过心，接个孩子回家过节，是想借以培养女儿的爱心，也让女儿看看别人的苦日子。我的同情心是多么自私而且浅薄。

那日阳光明媚，可是我觉得冷，毕竟是冬天。女儿紧紧拉着我的手。很静，心脏被一只拳头越捏越紧。一个年过半百的老妇人领我们走上楼梯，福利院这些孩子的一日三餐都是由她负责的。远远就听见婴儿的哭声，如同尖细的钻头"嗞嗞"地钻进人的心里。会走路的十多个孩子正好被一好心人带到城里玩了。剩下的八个孩子，大的将近十岁，小的才几个月，全都是残障人，因残障而被遗弃。他们瘫痪在床的形状像一枚枚钉子。

房间里空荡荡的，几张木板床显得孤单。右边一间躺着两个脑瘫患儿，将近十岁了，却只能躺着。靠门口的一个男孩子，额头高高突起，像史前猿人的复原状。看见有人进来，他咧嘴笑了，不会说话，只有眼睛骨碌碌地转动着，那两只乌黑的眼珠散发出一种热切的东西，却又显得空白和冷落。我摸摸单薄的一层垫被，轻声问他："冷吗？告诉阿姨，你冷吗？"他伸出一只手来，一只苍白尖细的手，带着长期未见阳光的病态，有点紧张地发出一些我永远无法听懂的声音。那只手尖尖地指向我们，似要戳穿什么。

隔壁躺着五个孩子，一个在哭。哭的那个孩子大约五个多月，脸庞紫得发黑。一种不正常的黑。妇人说是先天性心脏病，已经把名字报到杭州去了。他的病越早手术越可望康复，但是经费有限，在他前面还有十多个人排着队。他仰天躺着，手脚乱动，却无法挪动自己。女儿很乖巧地爬上床头柜，这样，她的小手刚刚够着他的胸膛，于是轻轻地拍着他："宝宝不哭，宝宝乖啊……"他真的就不哭了。眼睛里包着泪水，好奇地盯着女儿手中的一个食品包装袋，这个袋子拥有房间中唯一鲜艳的颜色。抬头，是灰白的天花板；转头，是灰白的墙壁。白得那么单调而冰凉，久而久之让人喘不过气来。

当我直起身子离开他的视野，他便又哭了起来。我明白他是孤独了。五个月的孩子，本来该享受着阳光和笑声，在父母慈爱的注视下幸福着——这只是一个正常人应该得到的幸福——拥有正常的生活竟也上升到奢望。五个月，意识正在萌芽。孤独让他不安地哭出声来。生命多么荒芜。由于负责的院长不在，没有人说得出他们究竟是什么名字、究竟多大了，更没人具体说得出他们得的是什么病，这个负责一日三餐的妇人也一问三不知。他们退化成一堆没有名字的躯体。

好长一段时间无法静下心来画画。我撕碎了一张又一张白色的宣纸，仿佛是为了撕开那些空荡荡的房子和灰白的墙壁。每一次落笔我的眼前就浮现出那些含泪的

眼睛。面对这些生命，我的舞文弄墨显得那么麻木。雪景是假象，这个世界从来都不是一尘不染的。

假如人生就是一幅巨大的写意雪景，那么小资的我们就是那些引人入胜的阳春白雪，而被忽视的背面的黑啊……水墨画向来是充满暗示的。当我再提起画笔，我忽然明白，雪原中的河流必定是黑色的，那些树的呼喊、风的呼喊也是黑色的。我的画面总是灰掉是因为我不懂得对比。纯白的世界崩溃了。对比，是作画的法则，也是世界存在的法则。焦浓重淡清，每一种墨色都代表着一种人生。我用侧锋在纸的背面皴出黢黑的枯枝时，心中有疼痛划过。

无论哪个时代，总有一些人受到命运的责难活在生活的反面，沦为罪孽与福祉的互为衬托。与不幸相比，细小的幸福也是大幸福。对比，是现代冰雪画中善用的技法，可是技法显得多么单薄。我居住在这个城市的小高层，小女人般的日子过得异常精致，饮茶、看书、雅聚、论诗、习画……常常叹着寂寞——可笑，这寂寞多么矫情和无病呻吟。我们拥有一双明亮的眼睛，如何能做到对苦难的视而不见和对幸福的熟视无睹？王维的雪景毕竟太文人气，他的玄学思想过于出世，强调了理想的归宿而缺乏生活的质感显得绵软。我也终于放下了现代冰雪山水画，不再反复研习用矾水表现雪痕的技法。

技法只能得到纸上的效果，而不能感动苍生。我一再想到珂勒惠支，这个已经死去的德国女人，曾经怎样热切地诉说着人们的苦难啊。

第二次去的时候，他们的墙上已经贴了一些小小的图片，尽管在空旷的房间里依然显得孤零零，像朱耷画中仅剩的一片病叶。也许因为我上次的责难，负责人有些警惕地追问我是做什么的。他从帮工手中抱过一个兔唇的孩子，刻意地多次呼唤她的名字，逗她笑，并且反复解释被褥单薄是因为这些孩子穿的衣服比较厚。他说有阳光的日子他们也经常抱着孩子出来晒太阳。这个男人在这里几乎上升为可以主宰生死的神，这些不会说话的孩子只会哭，哭也没人听见，他们像那些画差的水墨被揉皱弃置。我没有资格去评判这一切，他们用不幸举出我们的幸运就像用墨色来反衬出白雪，但他们的存在并不只是让我们用来暗自庆幸的。我首先应当鄙视自己的冷漠。

救赎生命的良方在哪里？我们的骨头是硬的，我们的心应当是柔软的！

第三次去的时候，少了两个人。先天性心脏病患者终于等到了手术，结果未知，而一个脑瘫患儿已经死了。我傻傻地追问：“那死了之后呢？”

“火葬。”

“然后呢？”

“按规定，骨灰是不予保留的……”

他们终于没有留下什么痕迹便化作一缕白烟。还有比光更快的速度吗？比方夭折的生命。我总是绕不出珂勒惠支的死亡系列。她于一九二二年和一九二三年之间创作的《死者与少年，飘然而去》——又是概括的面容，一个普通的少年头软软地歪向一边，整个头部只强调了惊讶而迷惘的眼神，身子倾斜向上仿佛正在飘升，放松而下垂的四肢体现出生命之轻。这样的轻是多少被中止的普通生命。

王维晚年致力禅学，在终南山追求佛光，然而他忽视了禅宗并不仅是超脱，恰恰应是对众生的大悲悯。大智慧必定建立在大慈悲之上。珂勒惠支最伟大的地方正是她的人民性。王维与珂勒惠支是完全不同时代不同国度不同背景不同人生的人，可是永恒的艺术啊，我在有限的人生中遭遇了两个截然相反的人，他们不断地冲击着我卑微的心灵使之一再分裂。此刻，我需要在王维与珂勒惠支之间做出选择。

王维是我所向往的圆，珂勒惠支是我所深藏的方。也许，我注定要在圆与方之间挣扎，因为我只是一个凡人。

3. 孤独，请允许我这样理解你，并且击败你

倘若凡人的生活是一枚枚外圆内方的铜钱，什么是串着铜钱的绳索？

这个世界多么孤独啊，所以要给我们嘴巴热烈地诉说，给我们耳朵不断地倾听，给我们眼睛观照那些虚幻的美，还要给我们心灵体验丰富的情感。还给我们颜色和光。你看看那些油画，它们都在说话。它们说着人物的表情和内心，说着自然和生命。感谢印象派画家，当他们的眼睛被光击中的时候，他们就把光引入到绘画，他们宣布生命除了生死两极还有不可捉摸的光芒和色彩；感谢梵高，他用了那么多明亮的色彩把黑暗逼退到畏缩的角落。他们都是勇敢者。

一个偶然的机会去当区域的小学美术优质课的评委。听了几堂《大师画我也画》的美术课。这是小学四年级的美术课，欣赏与创作相结合，课文列举了梵高的《星月夜》和毕加索的《亚威农少女》，一个后印象主义，一个立体主义。执教的老师都从介绍画家开始，这是对的，作品与作者向来是骨肉相连的。他们都讲到了梵高困苦的一生和辉煌的艺术成就——可是他们没有讲到《星月夜》的创作背景。然后教师引导学生观察两幅画不同的表现手法，这也是必需的，表现手法是区分不

同流派的主要特征之一。然后课就停止了，欣赏到此为止，他们没有再深入，也无法再深入。转而询问学生喜欢哪一种表现手法，能不能用这样的表现手法创作一幅作品。然后就是学生创作，教师巡视。有一位参赛老师力图在技法指导上寻求突破，一笔一笔在黑板上示范梵高是如何用线条表现星空和树木的，结果孩子们画出来的画几乎都是《星月夜》的盗版。

我感到悲哀。美术教学的目标早已从技法的训练转向审美情趣的熏陶。技法的讲解永远是浅薄的，作为一种艺术语言，油画包括色彩、明暗、线条、肌理、笔触、质感、光感、空间、构图等多项造型因素，而这些统统都是次要的。他们讲得多么浮光掠影和无动于衷。他们甚至没有讲梵高为什么要创作《星月夜》。

梵高为什么要创作《星月夜》？

小学四年级是一个人生的转折点，男孩子和女孩子开始疏远，显得别扭。那些单纯的女孩子，她们即将进入神秘的青春期，并渐渐开始洞悉生命的奥秘。生命的本义是什么？《星月夜》是梵高在圣雷米养病时的创作，画中的村庄就是圣雷米，但显然这不是写实，整幅画充满想象和精神向往。该怎样告诉孩子们《星月夜》的故事？告诉他们这幅画是梵高第二次精神崩溃之后作的？告诉他们这个用热烈的色彩演绎生命的人最后开枪自杀？

这无疑是残酷的。可是人生有多少残酷的现实，我们还要隐瞒吗？

王维和珂勒惠支又一次浮现出来。王维和梵高描绘的都是个人的精神向往，然而王维的水墨山水与《星月夜》是怎样的天差地别。没有人能定论究竟谁更成功，我们只能说谁更让人震动。珂勒惠支和梵高在倾诉上是一致的，但是珂勒惠支的倾诉是向外的，她的眼睛更多地看到了世界的苦难，她是慈悲的；而梵高的指向是向内的，看到的是他的个人世界，他是纵情的。

《星月夜》的倾诉，这些四年级的孩子能感受到吗？用教参中的语言照本宣科人云亦云只能培养出千篇一律的僵化的审美观。美术欣赏的过程除了指点技法更需要生命个体在欣赏过程中的感悟、沟通和共鸣。他们正在充分张扬生命的美好，他们黑溜溜的眼睛亮晶晶的，流露出慧黠的笑意和小小的狡猾。这样的眼睛与那些福利院的眼睛构成对比，产生回旋的暗流不住地冲击着我。求知欲把他们装点成天使来拯救我们心灵深处被黑暗遮蔽的角落。你瞧他们画画，把自己的小手小脸都当作画布，一个个成了小花猫。这些幸福的孩子，他们能理解《星月夜》吗？这幅悲剧式的油画在教材中出现得有些过早，它把一些绝望的因素埋藏在里面。你知道恒星为何如此灿烂？因为宇宙是黑暗的，只有燃才能获取光明。那些

被拉长的光芒旋转着如同漩涡充满暗涌，一不小心便会难以自拔。有人说《星月夜》表达的是消沉，是郁闷；有人说表达的是躁动，是不安；有人说表达的是灵魂的挣扎，是对生命的热爱。然而我看到的，是巨大的孤独，巨大至疯狂。那燃烧的柏树挣扎着指向天空，发出歇斯底里的呼喊。亘古不变的荒芜啊。绝望与热爱不是反义词，它们更多的时候交织在一起互为因果，因为热爱而绝望，因为绝望而分外热爱。

创作《星月夜》是在一八八九年六月，梵高正在圣雷米精神病医院接受治疗。他是被隔离的另一个病态的种群。“精神病”，人们说出这个词带着拒绝和抛弃。可让人吃惊的是梵高一生最杰出的作品都集中在人生最后几年，尤其是在精神病的发作间歇。这个天才画家，他那么热爱生命，却一再失败。没有人理解他的画，他生前只卖出一张；他心爱的姑娘一再拒绝他的求爱；他曾经那么信仰基督，却又因工作过分热情而被教会撤职；他靠着弟弟的支持过着穷困潦倒的生活，一心想喝很浓的肉汤，又为拖累弟弟而歉疚。他那么孤独，可是他仍旧不肯磨圆自己。他一再跟高更争执，双方都不肯妥协，最终高更愤而离去。他那么贫穷，可是他依然执着地画个不停，一再鼓励自己也鼓励弟弟，最终连自己也丧失了信心。如果他能磨得圆一些，也许他不会死，但或许正是他的方让他成为时代的弃婴，让他完全从理智和现实中挣脱出来，遵从内心进行无拘束地创作，获得了性灵的自由。这份自由，正是他的作品最击痛人的地方。也许，我们都是被压抑的现实主义者，需要在他的疯狂叙述中完成自我的释放。

有人争论梵高画《星月夜》的时候究竟是疯狂的还是清醒的，我不以为然。我们每一个人都有可能成为被自己折磨的疯子，因为我们都很孤独。那一刻，我想起了海边七塘公路边上的福利院，它孤零零地矗立在海风中，像被遗忘的角落。那个孩子的哭声特别清晰地重显出来，他包着泪水的眼睛异常灼亮，充满热切的渴念，这份渴念多么像失眠的我。

人一生最大的病不是残障，是孤独。

你孤独吗？

它是一条无形的绳索穿过我们内心最软弱的地方。那些像蚕食一般细细碎碎的声音，慢慢地咬着。梵高跑出村庄，跑到山冈上去看星星。人间多么孤独啊，没有一个人可以对话。村庄如此渺小而安详，人们都睡了，唯有星星和我一起失眠。而星星们也孤独得发疯，它们一样怕黑，所以拼命地燃烧。让我也一起燃烧起来，拒绝黑暗，热烈地诉说！

请允许我这样理解《星月夜》。艺术或是巨大的孤

独，在苦难中破茧而出。审美不是要分析表达的技法，首先应解决他表达了什么——当然答案不尽相同。审美更不仅仅只是体会审美愉悦，审美疼痛更能给人以教益。此次参赛的美术教师作为一个区域的美术教学精英，他们没有一个人尝试挖掘出艺术的本源。我不能不感到遗憾。艺术与人生的交流总是具有强大的冲击力，像泪与火的相遇，疼痛，断裂，灼伤，置之死地而后生。是的，艺术并不能改变人生的苦难，但是人生却因艺术而更加博大丰美深邃永恒。

人生中会有多少黑暗、深渊和暴风雨，需要我们用信念和爱去支撑？可惜梵高忽略了时间可能的公平，他是超前的可是他没有坚持，他的画作在他死后卖到了天价。于是我又想起了珂勒惠支，她被战争夺去了两个儿子尚且坚强地活下来，她目睹了那么多死亡还是没有放弃。梵高缺乏她的坚忍。谁知道在今后的岁月中，时间会给你怎样的回报。

我们终将回到原初的那些词语：审美、骨头、苦难、柔软、孤儿……梵高很孤独，他是那个时代的孤儿，没有人听得懂他的哭声。他死了，三十七岁举枪自杀。如果说珂勒惠支笔下的苦难是人为的外部原因造成的，残障人的苦难是肉体缺陷造成的，那么梵高的苦难则是心灵造成的。每一个人都会有自己的苦难，没有疼痛的人生多么肤浅。但苦难的存在不是为了博取廉价的同情，而是为了学会正视和珍惜。当巨大的孤独来临之际，我们举起自己的骨头，俯首向下，以慈悲和坚忍完成壮丽的救赎。如果有一天我不得不教学生欣赏《星月夜》，我一定会说：我很孤独，但是我要活下去，好好活下去。

2009 年 7 月初稿

第三辑

一半烟火

土灶

1

我总是不合时宜地分外留恋一些东西，它们总是像青草一样，在割刈之后又一茬茬长高。我把它们幽闭在一个自己构造的建筑里，像一座空旷的老房子，有着荒芜的庭院和自由生长的凌霄花，有着陈旧的石窗和幽深的古井，满地的落叶和檐上的青苔告诉我这里没有第二个人触摸过，燕子的旧巢在抬起头可以看到的地方，我没有关上油漆脱落的门是为了让它们在一年又一年的春天飞回来，并且衔起留在灶台上的一粒米。当我在某一个现实面前无所适从的时候，我允许自己逃遁进去，在老屋的井栏边吹细细弱弱的口琴。它们在一片有意无意的遗忘中渐渐成为阒寂的本身。有时候，它们是一种抽象的意象，有时候又是一个具体的物象，例如老屋，例如土灶。

土灶是老屋的心脏。煮熟的食物养了一家人，也养了几头猪，刷锅水又养活一只鸡，嵌在缝隙的半粒米饭

又喂饱几种小昆虫。它是一个生物链的核心部分，支撑起一个家庭的中点。一般土灶是用砖垒成的，刷上石灰，灶洞不多，就两个，右边的灶洞旁开一个小口径，接进木风箱的口。灶上面放两口大锅，中国人讲究成双配对，在灶台上也是如此；两口锅中间嵌着一个小汤罐，就像是他俩的小毛头。夫妻俩一辈子为了锅里的食物操劳，而小汤罐就在两者的余温中慢慢热起来。锅是黑的大铁锅，奠定了与锅相关的人一生黑而重的基调；小汤罐却是铝做的，薄的铝，配着一个印花铝搪瓷盖，就像孩子明快的童年。

灶间的梁比较低，在梁上钉了几枚钉子，吊下来一个木结构的架子，刚好抬起手的高度，搁着两个木板箍成的锅盖：一个高，一个平；挂着一个木蒸架。木锅盖仿佛永远带着润湿的手感，米的气味和水的潮湿在反复地加热之后深入了木的内部。在那个贫穷的岁月，木锅盖是世界上最幸福的，因为它闻到了最多最彻底的有关食物的气味；而它也是最痛苦的，因为它常常目睹着锅里锅外同样可怜巴巴的饥饿。那种折磨人的煎熬让它为揭不开锅而痛苦而羞愧。木蒸架像无数个“井”字勾肩搭背，纵横的木条固定了锅内的经纬，让一个小小的天地有滋有味起来。倒入米，舀上水，搁上蒸架，蒸两个小菜，例如蛋汤，一个蛋打开，一边加水一边不住地搅拌至一满碗，上面浮满珍珠似的泡沫，蒸出来满满的，那淡黄色是极具诱惑的美味；又如茄子，蒸熟后用酱油味精搅拌，有点奢侈地滴入两滴麻油；再如萝卜，蒸熟后称作“饭锅萝卜”，据说很有营养。

牙齿脱落的老婆婆总是爱讲一个关于饭锅萝卜的故事教育挑嘴的小孙子，这个故事从婆婆的婆婆口中一代代传述着，故事本身已经熟透了。我依稀记得外祖母也曾给我讲过故事的梗概：从前有个孩子小名叫萝卜，因为父母要出远门，只好把他寄养在婶婶家里。婶婶气量小，每天给自己的儿子吃鸡蛋，却给小萝卜吃饭锅萝卜。没想到，爱挑食的孩子面黄肌瘦，小萝卜却长得像个蒸萝卜白白胖胖。每次故事讲完，阿婆们总爱夹一块萝卜放到小孙孙的饭碗里，仿佛是为了强调。偶尔蒸架上还有河鲫鱼和咸肉，这是客人来了才有的佳肴。那块过年腌制的咸肉，切几片炖个鸡蛋，可以一直招待到第二年春末。咸肉在大锅里蒸熟焖透，蒸出油来，明晃晃地浮着。小孩子舀一调羹拌饭，蹲在门槛上吃，香得可以引来邻居家的狗，摇着尾巴一个劲地讨好，而饭，自然也可以吃两满碗，把小肚子吃得圆圆的。

灶向上延伸，分为两级，最终缩小成一根烟囱甩出房顶。暮色中，老屋安静得像一只熟睡的动物，烟囱就是赶蚊子的尾巴。灶壁上贴着灶王爷的像，有的人家怕灶王爷一个人寂寞了，还给找了个灶王婆婆，并排笑眯眯地俯视小小的空间。第二级的小平台上照例放着一个缺点口的小酒盅，盛半盅米，实在穷得揭不开锅的人家就盛一盅沙子，插着几根燃过的香梗。

在土灶的结构中，我最喜欢的是两个灶洞，这是整个心脏的泵。拱的弧线很美，仿佛蒙古包的穹庐顶起一个椭圆形的空间，又像是两个鼻孔，沉稳地呼吸着。煮饭时一般是用稻草起火——虽然这不是最好的引火材料——划亮一根火柴小心翼翼地点着，把稻草松些开来，太密了火就钻不上去，然后慢慢转动手腕把火引向其他草秆，稻草摩擦发出的沙沙声，让人的牙根痒痒的。火稍微旺一些就轻轻地把它放进灶洞里，赶紧加第二把稻草，还是松松地放在火苗上面，右手就开始缓缓地拉风箱，拉杆滑动的频率和箱内羽毛鼓起的风一阵阵吹进灶洞，火苗，便一紧一松地蹿动着。

童年的我最喜欢在冬天躲在灶洞边烧火。玉米秆子发出窸窸窣窣的声音，温柔得如同女人衣服的摩挲。火光慢慢地温暖我的手、我的脸，一小簇火苗在我的眼睛里闪烁着。手中的柴火陆续地塞进了灶洞，不断地明快地舞蹈，另一种节奏的生命有着令人窒息的美艳和热浪。偶尔，手背上被火星灼一下，皮肤表面的红润霎时涌起介于压抑与释放之间的痛感。那些作物的秆子无比静默地倚在墙角，芝麻秆、棉花秆、豆秆，它们融合在一起散发出纯净的干草香，和火光的温暖一起催人昏昏欲睡。

这些朴实的植物，曾经用青葱的色泽装点田野的容颜，给人充满生机的希望，而当水分如同青春年华一天天逝去时，枯萎呈现另一种美丽，在一口灶的腹部用燃烧的形式释放阳光在生命中的积聚。绿和红，两种极致的色彩丰富了农民的田头，又温暖了农民的灶头。我一时间了悟了民间为什么如此喜欢大红大绿，这样的浓郁，大欢大喜，让一种生活的贫瘠通过视觉补充精神的丰富。新嫁娘是另一株嫁接的植物，红袄绿裤，正开着妩媚的花，穿越十里水稻田，从一个村子嫁接到另一个村子，从一间屋子移植到另一间屋子，门窗上贴着大红的“囍”字。儿子是她结的籽，女儿是她扬的穗花，多年之后，飘到另外的村庄，为温暖另外一个灶头像她一样不住地燃烧。

2

被一根木柴赫然断裂的声音惊醒，锅沿溢出的水从灶台的缝隙钻到灶洞里，“嗤”的一声落下来，火焰晃动了一下。渐渐听到了一种沸腾的声音，米和水在锅内水乳交融。水蒸气突突地顶着锅盖，乳白色的烟雾很温柔地在厨房里缭绕着。一股饭的香味附带着可能还有咸带鱼的味道慢慢地浮出来，若有若无地钻到鼻孔里，每一个嗅觉细胞都充分打开。那是人世间最美好的最能打动人的气味，一种芬芳的成熟的又润泽的气味，一种生活的热点，简陋的饭灶间充满愉悦的情愫给人以安定满足的幸福感。有时候，它又是一个女人的气味，一个让孩子感到温暖让男人感到踏实的女人的气味。女人是与灶相依为命的影子，有时候是年轻的，有时候是年老的，无数女人的容颜在水蒸气的氤氲中交叉重叠，仿佛一块石头打破了水的平静，水中的影子一圈圈荡漾着，怎么也看不真切。这中间有母亲的母亲，也有母亲的女儿。

我常常怀念大锅饭的这种香味，饭煮到这个程度，一般不用再加柴了，只需把灶洞里的炭火拢一拢，然后焖着。而我便在灶洞里拨弄烤番薯，有时候我们也在灶洞里煨年糕。用五六层厚厚的纸把年糕包起来，在焖饭的时候扔到灶洞里，稍微靠边放着。过一会儿，锅内的水蒸气歇下来之后，还要再加一把火，称作“爆饭锅”，这把火过后，锅底会有轻微的响声，侧耳听，嗞嗞的，仿佛很欢畅，金黄色的锅巴正用另一种形式与锅底难舍难分。这时候包在纸里的年糕便也好了。一层层剥开烘焦的纸，那些纸隐约还剩着几行模模糊糊的铅字，勾起人辨认的欲望。最里面的一层带着妥协的温暖和糯米好脾气的柔软，略略呈现出一点焦黄的羞涩，已然是煮了一顿饭的犒劳。这时，母亲便拿着一双弟弟踩湿的棉鞋立在灶洞口烘，鞋下枕上半块砖头。

有时候土灶也煮猪食，那个年月，猪在一个农民的家庭里还占有相当大的地位。据说，“家”字的含义也是宝盖头撑起的屋檐下面养着一头猪，有“豕”才成“家”。可见猪曾经承载着多么重要的希望，甚至，卖掉一头猪，方能凑足下聘的钱，才能在秋后娶进媳妇。江南水草丰美，最常见的猪食是一种莲子草，煮的锅是用旧的补过好几次的锅。煮熟的时候，满屋子是青草和糠的气味，就像一个陈年的谷仓在清明时节发出的青霉，偏偏又洋溢着异样的热闹和欢喜。煮的东西多了，炭火就多了，老屋的土灶一般配有一个狭长的灰缸，煮好晚饭，剩下的炭火拨到灰缸里围住一个酒坛似的叫“焐粥缸”的黑陶罐，里面放入少许米和水，把炭火下的细碎和扫出来的垃圾倒在炭火上，一夜的时辰在这里缓慢地发生变化。第二天清早，当一家人起来坐在桌边，煮透的热乎乎的粥就已经端上来了。有时候还有一点红腐乳下粥，一点点甜在嘴里回味；有时候是酱瓜，脆脆地咬着。大年三十，忙完之后，女人们照例要煮“五粮米粥”，用糯米、粳米和赤豆、绿豆、小红豆五种粮食加上水熬粥——这是我母亲常用的配料。过夜即是正月初一，早上吃“五粮米粥”，寓意着一年到头五谷丰登。我记得有一年初春，外祖父家的长灰缸里还焐过没孵出的小鸡，剥开破碎的蛋壳，小鸡已经有一些绒毛了，但是没有内脏，肚子里还是一个蛋黄，不知什么原因它终于没能成为一个活的生命，而以一种畸形的形状过早地

进入人的口腹。据说那种小鸡特别好吃，外祖父和大舅两个在桌子旁，边喝酒边从罐子里摸蛋吃，轻轻一拉，小鸡的皮毛就掉了，一拧，头也掉了。而我，受惊吓似的跑得很远。

离开老屋已经很多年了，离开土灶也已经很多年了，而它一直静静地潜伏在我的生命底层，成为一个寂静而荒芜的世界的中心。面对煤气灶蓝色的火苗，我始终无法建立起类似血肉的感情，总觉得煤气灶存在的形式更接近于现代的情感：一点即燃，又关得干脆利落。“啪”的一声，关上阀门，就像是一件仿冒的贬值的瓷器被毫不留情地打碎。我无限地爱着那种慢热的生活，在一种缓煮慢熬的过程中细致地体会火的温度，就像是一份执子之手的情感需要用一生的岁月去完成。也许会有雨天柴湿浓烟熏出眼泪的时候，那种怎么燃也燃不着的绝望和盒中渐渐减少的火柴带给我们的焦虑像藤刺一样缠痛我们的心，然而，这种悲苦的考验将使最终的晚餐更加香软，我们永远都不会忘记那种踏踏实实的让人慢慢流出眼泪的感动。

当某一个寂静的午夜梦醒的时候，记忆之鱼从时间深处吐出几个水泡。我忽然迷茫自己是在哪里，仿佛还是那个梳着羊角辫的孩子，很多扇门在老屋长长的门轴声中缓慢地打开，我站在一个陌生又熟悉的灶前，两只手掌紧紧贴着土灶的台面，灶洞里的豆秆正“噼噼啪啪”

地响着。厚重的温度透过砖块透过石灰传到我的掌心，我在梦与半梦半醒之间吸取一种来自根部的热量，使我在日复一日的忙碌中找到一个隐秘的休憩术——有时候是一只小猫卧在记忆深处炭火熄灭的灶洞里，在灰烬的余温中慵懒而倦怠地瞌睡，没有人发现黑色的锅煤和我黑色的眼睛；在一面烟火熏黑的壁上，大块的锅煤掉下来，弄脏了我的手，我试图拂去灰尘，可是煤灰固执地在我的手背留下一条胎记般的伤痕。

2007 年 3 月初稿

外祖母的床

1

在那张床上，我跟外祖母一起睡了六年多，从我一岁半至八岁，两千多个日子，我一直是跟外祖母睡的。那时，父母带着弟弟去远方养蜂，他们是赶花人，一年四季追赶着季节不断地迁徙，自然无法照顾两个孩子，只好把年长一岁的我留在外祖母家。于是，我整个童年都跟那个小山村紧密地联系起来，那幢朴素的老屋和井栏边落满月光的庭院，那张雕花木床，截取了一个老人和一个孩子的某段生命时光。外祖母去世之后，老屋便空旷起来，被废弃的木床落满尘埃。我总是不合时宜地分外留恋一些不合时宜的东西，像一只鸟不时衔起记忆的种子，随着荒草在春的轮回中一茬茬长高。

那是一张普通的床，民国时代的婚床，木结构的框架，面板由三大块白骨镶嵌。中间一块是一出戏的场景，隐约记得有人牵着一匹马，路过一个凉亭；而两边则是花草。床板的木榫头上倒挂下两个狮子。那两个木头狮子如今放在我的书案上作镇纸。床前便是一掌高的木踏床，右侧是床头柜。这些平常的东西固执地在我的生命中烙上剥离不去的胎记。

冬天是个爱睡懒觉的季节，醒来了也舍不得离开暖和的被窝，睁大眼睛看着阳光透过窗棂温柔地倾泻进窄窄的小屋，对面墙上挂着的镜子反射出银色的光芒。阳光的脚不疾不徐地带走时光，光柱慢慢地倾斜着。有时候我会对着屋顶上的一方天窗发愣，看到偶尔掠过流浪的云影，会不由自主想起远在异乡的父母。直到表哥把门拍得很响，我才懒懒地起床。这时外祖母已经出去念经，床头的柜子上总是放着一碗年糕汤，为了保温，上面扣着一个小碗，旁边放着几块糕点或几节甘蔗。我在外祖母身边住的很多年都是这样，默默中透出一些温暖来。

那时的冬天似乎每年都有雪，屋檐下还有倒挂的冰柱，我淘气地用扫帚柄去套。外祖母还是常常出去念经，中午赶回家给我做午饭，下午带我一起去，或者给我留下一个热热的烤番薯，叮嘱我别乱跑。有时我跟着用朱砂点经卷，一边熟练地背着《般若波罗蜜多心经》；有时实在冷，我就躲在被窝里。无聊的时候，便在火鎯里爆豆子。抓一把干豆子，埋在炭火堆里，盖上铜盖头，然后静静地等待。时间显得悠长，寂寞也长起来，大片大片的空暇任由我挥霍或者用来发呆。我会数火鎯盖上的小孔解闷，那些小孔围绕着中心向四周发散开

来，像一朵盛开的菊花。我从中间往四周数，又从边上往中间数；有时候我用指尖在孔上印花，用力按一按，指尖便留下一圈印痕。铜盖头经过很多人很多年很多次的抚摸，散发出幽幽的光。忽然，寂静里爆出“啪”的一声，豆子熟了。我并不急着打开盖子，就这样倾听着越来越密集的爆裂声。空气中逐渐弥漫开炭火和豆子的香味，使一种名叫孤独的东西越来越黏稠地在房中汇聚，仿佛搅拌不动。成年之后，我不再爆豆子，而迷上放烟花。空中绽放的烟花与豆子爆裂的声音都是制造的热闹。热闹背后，却又浸透着说不出的寂寥，我仿佛永远隔着厚厚的玻璃静静地望着这个世界。这是我一个人的孤独。

我并不是冷漠的。有一次我痛哭了一场。仿佛电影片断一般：喧闹，拥挤，火车的长鸣。那次送别的情景再一次闪现，散发出苦难的味道。我执意要跟着舅舅送行是因为我想看看火车，我甚至奢望母亲会临时改变主意把我也带上，反正我还用不着买票。从小我就羡慕弟弟跟随着父母四处赶花酿蜜，我一直以为坐火车是有趣的事。几点几分的火车，从哪里来，往哪里去，我都已经模糊不清。火车到站的时候，恰好下起了雨。舅舅和父亲忙着搬行李，我站在月台上躲雨。没有座位的人们蜂拥着往车厢门口挤去，母亲也是站票，她肩上背着布包，怀抱着弟弟，来不及跟我说一句告别的话就被人潮推往车门。我没有看清她的转身，我知道她本来是想叮嘱我几句的。然而人在人流中是多么的身不由己。母亲被推攘到门口，还没有在上车的铁架台阶上站稳脚，后面的人又拥上来了。一时间，前面的人还没进入车厢，后面的人一个劲地推，人推人，人挤人，人与人之间已经没有空隙。空气中充斥着汗水和雨水混合发酵的酸味。抱在母亲怀里的弟弟被挤痛了，大声地哭起来。可是人们还在往上挤，我听出弟弟的声音带着沉闷，仿佛透不过气似的。我惊恐地望着这一切。母亲的辫子散了，头发纷乱着，她再也顾不了什么，奋力把弟弟举过头顶，给他更多的空间。人头攒动，母亲的背影被挡住，我只看见她高高举起的双臂，听到她凄楚的呼救声："救命啊！救命啊！我这里有孩子！别挤了！……"

风雨交加，人声嘈杂，我的母亲在众生之中为她的孩子喊着"救命"。从此我再也无法忘却她向上托举的姿势。那天我被雨淋湿，回家后发了高烧，在床上躺了两天虚脱一般。外祖母说我在睡梦中一直哭着喊妈妈。是的，我梦见自己一直想挤进去帮母亲一下，可是我始终挤不进去。我向母亲伸着手，母亲也向我伸着手，可是我们就是够不着。人潮涌过来，这么轻易就把我和母亲切断，越推越远。全部的声音只剩下一个声音，在我的生命深处潮一般涌来。我被一种无能为力的感觉淹没。生平第一次我意识到分离，它把我童年的悲哀推延到极致。多年之后，当社会学家提出"留守儿童"这个名词，我忽然意识到我站在那么多留守儿童的前列。

留守，还是幸福的，因为等候的人总是会回来的。

过年的时候，便不再寂寞了。父母亲带着弟弟回家乡到外祖母家看我。弟弟和我玩得很高兴，说好晚上他也不回家。于是，外祖母早早地把被窝焐热，给我们洗脸洗脚，让我们进被窝。我让着弟弟，让他跟外祖母睡一头，而我睡在脚后头——我是多么希望弟弟留下来——我们两双小脚互相抵着，你伸我蜷地做游戏；或者在被窝里“钻地道”，把厚厚的棉被假想成某一处黑咕隆咚的山洞，而我们俨然是艺高胆大的英雄；外祖母不注意的时候，弟弟会钻出被窝翻筋斗给我看，或者披上一条毛毯从床上跳下去表演“轻功”。弟弟的小脸胖嘟嘟的，很可爱。等到玩得疲乏了，夜也静下来，窗外的一些声音显得远而渺茫，一只老钟不疾不徐地摇着钟摆，滴答滴答。外祖母忙完家务，正想歇息，弟弟却开始想妈妈，哭着要回家去。外祖母便披上衣服抱着弟弟摇着摇着，变着法子哄他。我迷迷糊糊睡过去的时候，还听见她在轻轻地哼童谣：“宝宝囡囡乖啊乖……”踏床上，一个铜皮火鎴上两双小棉鞋静静地烘着。

夏夜歇息总是迟一点，而外祖母习惯睡外边，她怕我翻身时把手脚挨着蚊帐，蚊子会从小孔里叮进来。临睡前照例要用煤油灯烫蚊子。记忆中的煤油灯有两种：一种是可以提的，铁皮制成的，里面放洋油，母亲又叫三楸灯，就是那种风雨灯；一种是放煤油的，罩一个玻璃罩子，上面不封口。外祖母用的是后一种。把蚊帐敞开着，用蒲扇前前后后赶几个回合，外祖母迅速地把蚊帐叠在床前，然后塞进凉席下面。我偶尔会淘气地带几只萤火虫进去，让它们爬在床顶，模拟着属于我一个人的星空，如若有一个提着灯笼飞动了，那便是我欢喜的流星。而外祖母总是持着煤油灯，角角落落地找着蚊子。找到了，慢慢地移灯过去，在蚊子下方停住，蚊子便掉下来，落在灯罩里面，有一点点被烤焦的气味。

难挨的是没有电扇空调，那时的寻常人家，昏黄的灯光也很金贵，还常常停电。麻质的蚊帐极厚，床上热得人睡不住。外祖母总是拿着一把棕树叶制成的蒲扇轻轻地给我扇风。一下，一下，很有节奏地，我在一缕又一缕的凉风中睡去。扇风的节奏渐渐慢下来，她的鼾声隐隐响起。然而我是极怕热的人，有了凉风才能熟睡。外祖母的手一歇下，我又醒来，不安地在凉席上翻身，外祖母旋即又拿起扇子给我扇风。一个夏夜，外祖母不知要被我吵醒多少次。如今外祖母早已故去十多年，我回想起来，仍能想见她无数次在迷迷糊糊间拿起扇子为我扇风，又抵不住夜的沉寂与瞌睡的疲乏，摇扇的手愈来愈慢，愈来愈慢，终于缓缓地搁在了席上，那把蒲扇始终握在她的手中。这样的夏夜过了整整六年。母亲和弟弟是风，流浪远方，而我成为植物在庭院中守候。那次分离的惊吓把断裂埋进我的生命，而外祖母一直在缝补。

第二天，当我醒来，外祖母早已起床，蒲扇就在我的枕头旁边，柄上似乎还有手心的汗渍。蝉兀自在窗外聒噪着。

2

不敢再一个人睡懒觉是源于那口棺材。小舅舅娶妻之后，我们搬到了东厢房。房间显得挤了，那口白皮棺材居然就放在了床背后。农村的习俗便是这样，过了六十就要备后事了。外祖母比我大整整五轮，我到她身边时，她已年过花甲。我很奇怪外祖母的笃定，只隔着一道床板，她总是能安详地熟睡，而我总是试图说服自己忽视这件事，却一直做不到。其实，那只是五块固定的木板加上一块没有钉实的盖板，然而其中蕴含的某种冷酷的结局让一颗幼小的心感到恐惧。一口棺材只是木板做的，钉上盖头却是生死的距离。我害怕围绕死亡产生的一系列事物，包括花圈、红白锦被和绣着字的寿鞋，道士黑色的袍子和倒挂着的宽大的衣裤所营造的氛围让人毛骨悚然。我怕这些色彩、道具和声音衍生的怪异和诡秘，更怕死亡带走我亲爱的人。

一旦上升到哲学，生和死便是自然的事情，是一个生命存在的两种形式。外祖母该是看透这种宿命的，因此她面对自己的棺材能够安然入睡。而我，把这种恐惧深深地藏在心底，从未给任何人说起。也许就是从这个时刻开始，我学会了忍耐。

八岁是童年的分水岭，那年我离开了外祖母的床，脱离了一口棺材的阴影，回到父母身边读小学。角色的转换非常迅速，我从一个备受宠爱的外孙女升级为一个弟弟的姐姐。也许留守的岁月造成了难以挽回的沟通障碍，我回到父母身边的那一日便开始沉默，显出不合年龄的成熟。分离时盼着团圆，真的回来了却发现难以交流。我仿佛还是隔着厚厚的玻璃望着陌生的家庭，难以完成彼此的认同，觉得弟弟才是爸爸妈妈的孩子。而我是与外祖母连在一起的。每年在外祖母家住不到半个月。每次去做客，我总还是跟外祖母一起睡，她越来越响的鼾声和她不甚华丽的床令我感到亲切。为了避免使母亲难堪，我自觉地压制着对外祖母的思念和依恋。忍耐和压制成了新的课题，磨砺着一个渐渐长大的女孩子的心。有一次，我骑着父亲高大的老式自行车摔到河里时，我没有呼救，只是紧紧抓住岸边的藤草，让自己一点点爬上来，然后望着手掌中的泥和血一滴滴流下眼泪。那么多年，我终于渐渐学会把一些爱和欲望藏入那口棺材，并且用力地盖上盖头，倔强地别过头去，纵使那一瞬间的痛让我忽然捂住心口，蹲下身去。

外祖母躺进那口棺材是在十年之后。

我读师范二年级的秋天，外祖母病了。母亲起初没有告诉我得的什么病，我听了也不惊奇。生病很正常，每个人都要生病的。学业也忙碌，单纯的我没有去想一个老人病了意味着什么。及至我看到她，才惶恐起来。外祖母的皮肤都已经变黄了，说是因为胆总管被阻塞，胆汁往外泛的缘故。我回家就责问母亲，为什么不给她住院？母亲这才拿出一张皱皱的病历卡给我，指着其中的一个英文单词问我："你知道这是什么意思吗？"我看着"Ca"这个词，这是化学中钙的元素符号。这个词有什么意思吗？母亲说："这个词，医生说是缩写，表示诊断为癌症。"我轰然想到了那口白皮棺材，它在温床背后闲置了十八年，终于露出了本来的面目。

外祖母得的是胰头癌，已是晚期，医生隔着肚子即可触摸到乒乓球那么大的肿瘤。一般皮肤泛黄后活不过三个月，最多不超过半年。外祖母当时已经七十八岁了，这样的高龄是不适合手术的。死亡，仿佛一下子临近了，令人束手无策。我不肯相信这个现实，因为外祖母除了皮肤之外，一切都没有变，她依然慈祥和气。而皮肤的颜色，看着看着似乎也渐渐习惯了。我几乎幼稚地以为，医生误诊了，外祖母只是得了小毛病，她将这样一直活下去。有时候我给她买水果；有时候带朋友一起去看她，用二胡给她拉戏曲；有时候母亲把她接到我们家来。

亲人们一直都瞒着她，外祖母许是隐隐觉出了什么。有一次她摸出挂在胸口的观音挂坠，说菩萨会保佑她。我一下子就鼻子酸了。她并不把希望寄托在子女身上，而是寄寓信仰。更大的不幸是表姐的辞职。表姐原在广东的医院工作，外祖母吃的一种很昂贵的药都是她从广东邮寄过来的。但是因为体制和工资的种种问题，很有才干的表姐辞职下海做生意去了，外祖母的药断了，必须由这边的亲人自己去购买。我在那时根本还没有资格参与事情的内部，更没有权利发表意见。我至今不知道是谁主张换一种便宜的药，初夏的时候我去看她，她已经改服口服液了。天气热了，又没有冰箱，药开瓶之后，就用井桶吊在井里边。外祖母跟我说，上次服的药好，现在的药，没几天就有点酸味，怕是没什么治疗效果。我懂她的意思，可是，我又能为她做些什么？父母常年举债，起初是养蜂亏本，而后是造房借钱，清贫的家境一直压迫着我们。成人们的专制让我错误地以为，他们有着不容置疑的权威。他们总是习惯着自己去处理，从来不征求我们的意见。也许隔代抚养早已在我跟父辈之间划下了毕生都无法跨越的沟堑，每星期我还得伸手向父母要三十元的生活费，我从未想过可以向施予者反抗。

我最终所做的，就是偷偷地向一位已经工作的朋友借了一些钱，然后瞒着所有的人跑到杭州去买药，即使我的钱只够买一盒，我也要尽力让外祖母宽一宽心。王小妮说，当我们不缺钱的时候，会发现很多比钱重要的东西。可是，我们常常是缺钱的，而且很缺钱。然而，买不到那种药！十八岁的我拿着杭州地图跑了好几家医院，都被告知没有。我至今还记得那种药的名字叫“保尔佳”，我写信托中国美院的教授吴德隆先生帮我打听，他回信说他托中医院的朋友问了，杭州是没有这个药。然后，我又跑到了宁波，找到一个在卫校读书的同学，一起去宁波的医院问，一个个医院的药房都问下来，还是没有。唯有李惠利医院有这样的针剂，却没有外祖母在吃的片剂。那种针剂是五百多一剂的，而且不能外配，必须病人前来住院，经过全面检查才行，因为这种针是有巨大的副作用的，不能常打。那么，最后的一个希望破灭了。而且我依稀记得母亲说前不久外祖母打过一剂了，我也不知道是不是这种针，好些事亲友们连外祖父都瞒着，我更是无从知晓了。从来也没有这样地遗憾过，那一刻，我真的希望自己已经长大，不仅仅是因为会有可以自己支配的钱，更重要的是我会拥有更多的知情权，而不是被粗暴地斥责一声：“小孩子少管闲账！”那么，或许，我可以多做一些什么。我的外祖母，你为什么不能再多等几年？

比宁波与杭州更远的地方或者其他的方式是十八岁的我思维所不能达到的区域，我已经想不出其他办法了。买药的事终于是失败了，借钱的事更加不敢让父母知道，当时家里新造了房子，欠了很多的债，我是绝不敢告诉父母的，倒也不是怕挨骂，是怕父母又为了经济吵架。因为没能买到药，心中觉得愧对外祖母，以至于有一段时间我不敢去看望她，我怕看到她日益消瘦的容颜和失望的目光。是的，我怕。至今，我也深深地愧疚着，这么多的外孙女中，我是她最疼爱的，她把我从一个嗷嗷待哺的婴儿抚养成活蹦乱跳的小姑娘，给了我一个外祖母和一个母亲双倍的爱，而我，却什么也做不了！外祖父最后终于知道了真相，他坚决说："我不要养老铜钿，把积蓄全用完了也要给她治！"一辈子的夫妻，从没有拌过一次嘴，他的这句话远比我所有的忏悔和遗恨更有力。

然而谁又能与死亡相抗衡？所谓回天无力。有一次在普陀岛上，我忽然悟到我们是身体的奴隶，穷其一生努力地想让这个躯体吃好些穿好些住好些，可是最终，每一具躯体都将背叛我们，衰老乃至死亡。外祖母的躯体正在冷酷地背叛她。再见到外祖母，她已经躺在床上了，我很熟悉的床，曾经是外祖母和我的床，如今只剩下她一个人了。花白而稀疏的头发披散着，没有人再为她夹一枝喜欢的栀子花。瘦骨嶙峋的身躯已经起不来，只能说一小会儿话然后沉沉睡去。她睡着的时间越来越长，仿佛疲惫不堪，这场与病魔的斗争她孤军作战委实太累了。生命力正无情地从她的身上流失，像一个沙漏不肯停息地漏空外祖母的躯体。我捧不住那些流沙，它们从我的指缝间纷纷落下了。母亲也知道我的伤悲，安慰我说："医生预言最多不能活过半年，现在快一年了，已经算好的了。"也许大家都疲惫了，母亲连悲伤都显得麻木。我真想愤慨地逼问："你们做儿女的，真的尽力了吗？"可是，我没有问出来，还轮不到我去问这样尖锐的问题。我从他们反观自身，对外祖母的生命，我真的尽力了吗？

这么多年，我甚至不敢去触摸那些细节，我曾经流过的眼泪不过是看似坚持的妥协罢了。更令我难过的是，其实每一个人都是爱外祖母的，也许这份爱有深有浅，她确实是一个太好的老人。可是生活有那么多的无可奈何是当时的我所无法理解的，也是现在的我所无法克服的。我们都是凡夫俗子，又能怪谁呢？

暑假的时候，经中国美术学院吴德隆教授的推荐，我将去杭州进修美术。即使家中再困难，对于我的培养，母亲总还是支持的。临行前去看望外祖母，她已经搬到大舅家里了。我在她的床前站了很久。她的手露在被子外边，瘦得只剩下皮包骨头，一些暗色的乌青触目惊心，是注射留下的淤血吧。外祖母总是这么忍耐，从未见过她骂人，甚至没有起过高声。即使到了病重时分，她也只是哼哼，不肯大声呻吟，也没有提过要求——包括治疗。当她疼痛难忍的时刻，家人请来郎中为她注射配来的杜冷丁（哌替啶），这种麻药可以减轻癌症的痛苦。

我轻轻地握住她的手，一节一节地抚摸着。她的手指异常地僵硬，几乎无法伸直。我希望我掌心的温度能够温暖我的外祖母，让她在冗长而缥缈的睡梦中抓住一丝人间的气息。就是这双手，曾经多少次为我穿衣缝鞋，曾经多少次为我煮粥喂饭，曾经多少次为我扇风掖被，这双手曾经鲜活而生动，宽厚的手掌补全了我童年空缺的爱。而今日，这双手是这般了无生气地垂落着，仿佛两根欲断的枯柴。

外祖母一直都没有醒过来，我不知道她醒来是否还会认得出我，这几天，她的生命就靠流质食物维持着，牛奶或者麦片。时候不早了，外祖父催我动身。我依依不舍，这一去就是两个月，她还能等我回来吗？外祖父送我到门口，叹着气说："唉，怕是真的不行了……她去年说想吃西瓜，总算今年夏天的西瓜吃到了，也该放心了……"望着他哀伤的眼睛和佝偻的身子，我感到深深的凉意。

这一别，就成了永别。到了杭州安顿好之后，我始终牵挂着外祖母。家里还没有安装电话，我给家里写信，第一封母亲的回信说还好，让我放心，他们会照顾的。可是那一个夜晚，我却梦见了外祖母，没有任何多余的细节，也没有一句话，就看见她对我微笑着，然后隐去了。醒来之后，说不出的忐忑，立即写信回家询问。一封信来回要一星期，那一星期于我是一种折磨。终于收到信时，一切竟已成真。外祖母真的于那日午后去世，很简单地吐出一口气就走了，陪在她身边的是三姨，她最亲最疼的其他人都没在身边，然后就是一切死亡的外在形式，换衣服、哭、报丧、跪拜、念经、陪夜、出殡……她终于睡到了那口白皮棺材里。因是夏季，就匆匆入葬了。等我收到信的时候，外祖母已经在寂寥的山头睡了七天，她与我之间隔着一口棺材一座坟墓，她在里头，我在外头。毕竟是多年的血浓于水，临行前，她也惦记着远方的外孙女，在梦中与我告别。我相信这是精神的力量，冥冥之中彼此的牵挂和思念使我们在最后一刻心有灵犀。她在临终时忍受肉体上无可比拟的痛苦和心灵上难以割舍的记挂，却仍然留给我最后的微笑，竟似为了宽慰我自责的心灵。一走十年，从此不再入梦来。“十年生死两茫茫。不思量，自难忘。千里孤坟，无处话凄凉……”

这第二次痛彻心扉的分离！人生有多少悲欢离合，我们咬着下唇隐忍过去。我又一次成为留守的人，而我的外祖母，她再也不会回来了。伴着我的是锁在老屋里的记忆，我仿佛成为了老屋的一部分，毕生都在翻检身上的瓦片，找出那些关于分离和爱的故事。床的背后是棺材，就像生的背后站着死亡，一张床和一口棺材，是生和死安眠的两张床。外祖母睡入了另一张床，今生今世不再醒来。生命中这样两次痛哭失声，一次为了母亲的生离，一次为了外祖母的死别。外祖母——母亲——我。第一次分离令我知道了生活的无奈，而第二次分离令我知道了生命的无奈。这是最后的结局，再也没有赎罪的机会。而我们真应该在走到结局之前，多一些慈悲。

很久之后，母亲才知道我为外祖母买药的事，她叹息着说："你怎么不告诉我？邻县余姚有这个病的专家门诊，那种药或许有的……"我当时正在看书，书就"啪"地掉在地上了。

2007 年初稿

2010 年一改

2012 年再改

弱水

我一连三夜梦见了那口井，我知道它是想我了。梦境也许相同，也许不同。那个夜晚在异乡，家乡的朋友发来短信说，故乡有雷有雨。我却撑着一轮明月，一个人，穿着白色的荷叶边的衬衣来到了阔别的庭院。在没有找到井绳之前，我以为自己就是井中的一滴水望着月亮，或许在沉睡，或许在等待。一口井的深，把我的前半生苦苦地囚禁着，也许还将继续囚禁下去。一切带着梦境的不真切，生命的呼喊压在心里宛如落叶纷纷跌到井里，填不满的空缺。庭院在我离去之后开始沉寂，在外祖母去世之后，便久久地荒芜着。井本是充盈的，不知为什么在梦中枯竭了，滞留着一点水的潮湿和润泽，让此刻的我站在一片淡漠的荒凉中。

那时的我喜欢倾听木桶砸到水面的声音。倒覆的木桶带着下落的灌进去的风，急速地落到水面，“嗵”的一声，沉闷地溅起水花。这个声音是整个过程的转折，从下落到回升的转折。井绳很粗糙，我吃力地用双手交替着一把把拉上来，掌心红红的，带着一种麻麻的发烫的痛感。若干年后，当我被一只宽大的手掌用力地握疼时，我一瞬间想起我的井绳。疼痛仿佛总是与“醒悟”这个词密切相关，例如木桶砸醒古井，例如井绳勒痛掌心。少女总要经历初夜的疼痛方始成为女人，而心智也必须经历脱胎换骨的磨难才能真正走向成熟。我不知道手掌带来的这种疼痛将使我无休止地沉入井底，还是化作一桶水救出狭隘的井口。更多的时候，我希望自己是一块洁净的没有意识的石头，在流水中安静地沉淀下来，可惜，我终于逃脱不了一滴水的命运，在茫茫的人海中随波逐流，被暗流和礁石无辜撞击和不断分裂。

有月亮的日子，最适宜在井边背背古诗。负手立着，或者拿一本竖排的线装书，我们每一个人都可以成为伟大的诗人。李白的《静夜思》总是平淡如水：“床前明月光，疑是地上霜。举头望明月，低头思故乡。”争议来自于“床前”，越来越多的人认为，此“床”非彼床，而是指井栏。井栏边的月光，明明地亮着，仿佛一片秋霜，秋霜里还夹着一两声秋虫孤单的鸣叫。这时的井必定异常平静，没有洗衣妇一次次来打乱深邃的思绪——除非是夏夜，人们乘凉时爱在井桶里浸个西瓜，吃完后照例用井水洗手——秋天的夜晚很宁谧，平静的水面就像光滑的镜子，人们常用“镜花水月”来形容虚虚的事物。然而井中的月亮却给我一种真实感。它永远固定在井中，在我俯首便能看到的地方，它逃不走。其实我的愿望一直都很小，我从不曾贪婪地渴望拥有整个天空，我只要一滴水，一枚松针，一缕阳光。是的，一滴水，一滴纯净的水便足以滋润我的灵魂。但是这个愿望又很高，因为我要是我自己的，属于我一个人的纯粹的东西。因此比之天上的月，我更迷恋井中属于我一个人的月亮。

后来我学了点物理知识，知道镜面的成像在另一个等距离的地方，便开始有了无法解答的困惑，井底本是土,井底的月亮落在哪里呢？或者每一口井都是无底的，一直通向虚空？有一次，我捡了一块干净的石头，丢进井里，侧耳倾听石子穿透水的声音。可惜，我最终没有听到真实确凿的回声。就像我忽然问一棵大树：你喜欢我吗？它无法回答。有时候我很想对着古井大声地喊一声，用尽全身力气痛快地呼喊，把那个月亮明快地喊出来。然而我终于没有这样做。伴着时光流逝的不仅是我们的青春，还有勇气。于是，井，渐渐地成了一个谜，带着大地深处的秘密，幽幽地哀怨着，无数青苔因为我们的疏远渐渐地爬满井壁。常常觉得自己就是一只井底之蛙被束缚在一个深而窄的空间，或者我们本身就是一口填不满的欲望之井，生命意识便是源头，它使我们不至枯竭而艺术和哲学便是井绳，我们总是在粗糙的摩擦中一步步提升。我常常测不准井口的高度，也找不到那条绳，它一次又一次脆弱地断裂，让我疼痛又绝望。

也许水终归是一种具有灵性的物质，如果老屋是静止的，水则把老屋延伸到外在。有时候往下，深入大地的腹部，例如井；有时候向上，来自云的高度和飞扬，例如雨。童年的庭院里总是有几口很大的水缸，旁边还有一些大大小小的瓦罐和坛。下雨天，外祖母总是叮嘱我把缸沿搁着的半边接水的竹竿对准屋檐，让一排滴下来的水都落到圆弧形的凹槽里，那欲断还连的水珠就像无数纤细的手指弹拨着管弦乐器。缸中的水带着微微的甘甜，仿佛初吻留在舌尖的一点回味。缸里还养着几条河鲫鱼，深黑的脊背静静地融入缸的底色。当夏日蚊子的幼虫在水中放肆地翻腾，可爱的大头鲫鱼们便忙着减少它们的数量。冬天的时候，缸里的水会结成冰，把竹竿也冻在一起。早晨起来，带着乳白色的半透明的冰块使水展示了坚定的一面，柔到极致的东西毕竟还是有着自己的骨头。表哥拿来锅铲柄砸开冰面，捞起一块，我含着一根麦秆呵气，不多时就融出一个小孔，把麦秆穿过去，拎起来“咯嘣咯嘣”地咬着。坛坛罐罐则是小鸡小鸭们的饮水缸子。偶尔，淘气的表哥摸来螺丝和泥鳅放入坛中，小鸭们便拍着翅膀挤成一堆你争我抢。

下雨的时候，其他声音都静下来了，只有雨声。有时候我会举着一个白瓷的小碗，非常虔诚地，一滴一滴地接着，因为我怜惜那天上落下来的水，也许它就是攀缘的凌霄花被风吹得粉碎的歌声，也许就是那位林妹妹的眼泪，前世你为我浇了一滴水，今生我还你所有的泪。

我崇奉承接的过程，没有规律却很有节奏感，水落入碗中的声音异常清冽，仿佛一根竹筷轻轻地击打着一只青瓷的边沿。这种缓慢的积累，使我在多年之后阅读和写作时感到愉悦，一个个文字就像是一滴滴天落水让人的眼睛觉得清澈无比。至今，我都是虔诚地承接着，一点点地积攒着。

老屋的水是负有使命的，它们总在我回首的刹那传递给我一些生命的启示：井的拯救与缸的积累，水的柔软和无形。我喜欢水流过掌心清凉的感觉，或者，水环绕着肌肤温润的无骨的柔软。离开老屋之后，我总是分外怀念，这份迷恋让我常常在木桶浴中失去时间的观念。木和水，加入薰衣草和玫瑰精油，我用虚拟的气息亲吻我的肌肤，久久地洗却凡世带来的沧桑和尘埃，把心也逐渐泡得温柔。我精心营造一种花草的清香让自己充满芬芳，精心营造一种水的柔软让自己保持细腻。木桶是很有质地的圆形，就像古朴的井和坚硬的缸，我是什么形状水便空缺出什么形状，就像包容的爱人，当我在他的怀中柔软地卧着，他便也温柔地吻着。如果命运是一只已经成形的容器，那么我只能在不断的历练中让自己最终成为柔软而无形的水。水之无形使我们彼此免于受伤。

想到弱水之前，首先想到的是“扬之水”。《扬之水》是当代诗人陈先发的一首诗，我看到这个题目心头蓦然涌起“长风破浪会有时，直挂云帆济沧海”的诗句，然而读着读着我仿佛看到一只击缶的手，忧郁而镇定，苍白的指关节显出异常的清瘦的力。他的“扬之水”在不经意间切开混沌，让一口泉从陶罐内部清澈地流出来。“我来得太迟了”，是的，总是这样，太迟。我终归不是男儿，亦不是书生，缺乏那种举重若轻的“能力”，我有的，只是弱水。据说“弱水”始见于《尚书·禹贡》：“导弱水至于合黎。”而广为流传的“任凭弱水三千，我只取一瓢饮”则出自《红楼梦》，一直是围绕着爱情。我过于喜欢“弱”这个字，像一口无力地咳出的血，那么的心疼正好用来写最后一行痴情的诗句。

想雨的时候天空便下起了雨。今夜，我在五层楼的公寓上听雨，落地窗外是一盏俯视角度的路灯不足以照耀黑暗。井和缸在现实中没有摆放的位置，我听不到雨滴撞击水面的声音。我确实离开一种朴实很久了，而且将越来越久。伸出手去接一滴，雨水拢在掌心仍然有说不出的透明，春天的雨带着侵人的寒意，让恍惚的心神醒了醒。我拿起笔，在梦与现实之间写一首介于梦与现实的诗歌，并且给诗起了一个很具现代意识的题目——《错觉》。也许，这今夜的雨声，这梦中的弱水，都是错觉。

错觉

诗歌给我的错觉像一根结实的绳子与蛛线
　的区别
我在梦中一度又一度跌落枯井
没有水，却淹没所有呼喊
陌生的场景。光影。疼。
一只燕失去旧巢和屋檐
人声纷杂滑入虚空
我滑入虚空
失重的木桶永远猜不透绳子的心思，我永远
在下跌的速度中怀抱恐惧
童年的水缸代替我在月光中寂寞着
有时候我是你的小女儿
有时候我是你的小母亲
我不愿写成一首诗来追悼悲剧
我就在此刻，在井石壁垒的缝隙中
让自己慢慢死去

2007 年初稿

庭院深深

五行：金、木、水、火、土。如果说：火熄和铜镜是金，土灶是火，床是木，井和缸有关水，那么庭院就是土了。

庭院中常年有植物的芬芳。井边会种一畦菜，或者辣椒，或者茄子。几根香葱被掐断又固执地长出一茬，韭菜被盖上厚厚的稻草蒙成嫩黄的韭芽。这代表着生活的一部分，与土灶联系在一起。靠墙角搭着一个架子，爬满了葡萄虬曲的枝条。从初夏开始，小丫头便时时在架下抬头仰望，或者踩在凳子上捏一捏哪一颗预先显示出一点柔软，这代表着生活沉重部分之外的向往。破脸盆里栽种的太阳花，鲜艳的色彩当作丹蔻涂红自己的指甲，有时候也涂红了脸蛋，与邻家的孩子一起扮演过家家。这代表着在生活压力下依然不肯放弃对美和幸福的追求。

庭院总是有着一截土墙，不高，女人们踮起脚正好可以看到远处烟岚的青山。春天的时候，土墙的小孔中特别热闹，野蜜蜂把这些小孔据为己有，成为惬意的家。

而我们一群淘气的孩子，拿着火柴盒或者小瓶，用一根细枝轻轻捅一捅小孔，立马用火柴盒或者瓶口对准口子，蜜蜂禁不住骚扰，飞出来就钻到了火柴盒或者小瓶里，而我们胜利地关上火柴盒或者捂住瓶口。捉蜜蜂，也是儿时的一大乐趣。而那截土墙，就这样时而热闹，时而寂寥地浅浅地围着，用这个不算高的高度彰显一种人生态度，那既是一种躲进小楼成一统的心态，守住属于自己的一方天地，清静独处，却又不与世隔绝，保持着与外界的流通。扎根在庭院里的树长得一人多高的时候，就吃住了外边的风，愈发长得高大结实了。它在一定程度上代替扎根老屋的女人向外张望。

我的老屋建构在我的心灵深处，它在记忆中固执地坚守着一些东西，拒绝着一些东西。当我在快速增长而变化无穷的现象前惊慌失措时，我便一次次归来，休憩、养息。当我的手掌用力地捏一块沾着落花的湿泥时，或者当我轻轻摩挲一块老树皮，一种树脂的清香充满我的鼻翼，我还是会感动得泪湿，我的眼睛是庭院中永不枯竭的井，它盛贮着我最深处的欲望并且流出泪来。土墙并不能阻挡流动的风和树们渴望长大的愿望，当女人们分成两类，一类长出鸟的翅膀，而另一类成为植物在庭院中守候，我们这一代便开始迷惘，传统文化和现代意识之间的冲击如同狂风使我们在鸟和树之间摇摆。土墙的高度在减低，减到任意外出；同时又在增高，高到浮躁的心灵无法回归。推土机推倒的一堵堵墙永远在我们的灵魂深处朴素地伫立着，它用一种围的形式表示着我们的坚持和妥协。

我在一次次回归的渴望和疗伤的痛苦中反省自己的心灵：是什么让我们不惜放弃长久积攒下来的那么多朴实无华的东西，去追求难以捉摸的光和影？是什么使我们在追逐中不断得到不断失去，永远难以维持心灵的平衡？是什么使我们无论得到多少，心中永远有一个沙漏的空缺难以填满，不断流露对生活的失望？是什么使我们被五光十色的玻璃化的现代建筑群划伤？是什么使我们赤脚踏上老屋的泥土又一次次流下纯净的眼泪？是什么使我们在午夜的梦魇中永远有着长不大的属于孩童时代的哭泣？

漫无边际。漫无边际。

法国文化批评家迪波说：“只要农业生产是人类活动的中心，那社会就仍建立在循环式的时间基础之上，孕育出传统中那种综合式的力量，把所有的运动串连捆绑在一起。可是，中产阶级的时间是一去不返式的。中产阶级所建立的经济体系及生产活动，已不再依靠循环式的季节与时间。”

当我们的家乡越来越快地挣脱土地的束缚——虽然我们仍然在不断占有土地，并乐此不疲——然而土地失去了原来意义上的价值。家乡的土地不再生长青葱的蔬菜和成熟的庄稼，它们开始以沉默来承担经济发展过程

中各种变形的欲望。楼越建越高，欲望越长越高。楼层很挤，又很空，再也闻不到充实的好闻的植物的清香。把一把粗糙的稻谷握在手心的感觉保留在父辈和祖父辈的记忆里。这种时间的连续性碎裂、断落，使经济挣脱了土地生长周期的缓慢性，获得跳跃性的增长，但庭院从此失去了。土地，比种植庄稼时更显昂贵，金钱一次性买断了它属于泥土的循环持续的生长力。它从自然界痛苦地分离出来，成为社会转型中最沉重的内容。当新兴的城市节奏更加有力、活泼，且物质化。我们的心却越来越脆弱，我们怀着一种紧张的心情，一种神秘亢奋又高压难受的感情。现代文明像一根带刺的藤蔓紧紧地纠缠着我们，我们依然无法摆脱人之初对自然之道的依恋。我们是产自自然的生物，却被关在非自然的囚笼里。在这样的背景下，欢乐显得浅薄，而痛苦更为深厚。忆想，成为逃离的手段之一。

我永远是软弱无依的人，面对麻木的面孔无所适从。于是我一次次归来，在老屋的庭院里种满了凤仙花。那种极其常见的草花，本身就代表着朴素生活的一个补丁。花开的时候，如同一个个小酒杯，深红、浅红，大大方方地开出一朵又一朵。当年的女人都失去了自己的名字，墓碑上刻下的只是某门某氏。那年，我好奇地问外祖母的名字，外祖母没有回答。过了一会儿，她拿出一本病历卡，那上面便是她的名字了。意料之中的，她的名字该如同当年很多女人一样含着一种花；意料之外的，竟是庭院中随意生长的如此平常的凤仙花。我在一遍遍种植的过程中深深地怀念着她。在我童年时代，她把爱深深地埋在我生命的深处。她将同我的老屋我的庭院在我的忆想中永恒。

花开花落，花落花开，燕子一度度飞去，一度度飞去的燕子在车水马龙的街上找不到歇脚的地方。当我站在高楼的落地窗前，用精致的小剪修着自己的眉，当我用纤细苍白的手指敲打着键盘，液晶屏幕跳出一排排熟悉又陌生的文字，庭院在一声长叹中慢慢合上温柔的眼睑。

我们仍然活着。仍然要飞行
在无边际的天空
地平线长久在远处退缩地引逗着我们
活着。不断地追逐
感觉它已接近而抬眼还是那么远离……

我在白荻的诗句中慢慢流下眼泪，有点温热，有点咸涩。

漂浮的念想像一个下落的苹果终于砸了一下地面，是一次偶然的巧合。那一次，先生的表弟新娶了老婆，说是要在阿婆的老房子里做祭祀，给去世的老外婆汇报一声，让老人家在九泉之下也高兴高兴。于是一大家子人都聚在了老屋——这并不是我记忆深处的老屋，可是所有的老屋都有着相似的土灶。那天下着雨，大家都来了。公公是第三子，有五个兄弟一个妹妹；然后公公这一辈又有了六个孙子三个孙女一个外孙，其中三个孙子三个孙女已经结婚，我便是第三个孙媳妇，而我们又相继生下了我们的孩子……那么多人，把整整一锅饭都吃完了，最后的锅巴我用锅铲铲起，卷起来给女儿吃。灶台上还有柴火的余温，一口锅的热气还没有散尽。灶洞边放着劈好的木柴，清晰的木纹让人有着朴素的新鲜。一盏白炽灯黄晕的光像粉尘一般弥漫着，旁边一个搪瓷脸盆放在地上，接着有一滴没一滴的漏水。水从屋顶的某一个不确切的小孔中渗进来，慢慢地凝成一滴水的模样，慢慢地滴下来，一滴水与另一滴水的距离仿佛一生的梦一样漫长。我坐在灶洞前的矮板凳上，看着灶洞里星星点点的火的眼睛，望着对门一屋子热闹的人和他们手指间夹着的明灭不定的香烟，仿佛听到了遥远的属于这个屋子的主人的对话，属于一个男人和一个女人的对话。关于自然和朴素。关于生命和归宿。关于爱。

2006年初稿

2007年再改

与一只鸟生活在屋檐下

月光，一点点，沿着前面一幢公寓的屋顶滑落，在防盗窗上渐渐冷却。装空调的人曾告诉我，这种防盗窗是这个城市早期的防盗窗，很坚固，都是钢筋。他强调着窗子的坚固，他说现在的防盗窗都是铝合金的，轻轻一锯就断了，但是钢筋得锯很长时间。果然，为了把空调外机安装在外墙，他用角向磨光机锯掉防盗窗的五根钢筋，花了整整半小时。夜一直静不下来，一些温润的冲动在月光下复苏。有明月的夜晚，总是很难抑制一些冒出来的形而上的思绪，它们像乱飞的小翅膀。我忽然想说些什么，面对一只鸟。此刻，它是一只安静的收纳箱，与我惺惺相惜。

我问它："你喜欢飞翔还是定居？"

它不语。

"那么喂你玉米或者谷子，你会留下吗？"

它依然不语，只是侧了一下脖子仿佛真的在倾听。

人与一只鸟的沟通向来是存在障碍的。我好意的询问或许对它是一种侵略。所以我除了说话，没有其他轻举妄动。当然它不会回答，倘若一只鸟发出人类的声音，我必定会吓得魂飞魄散，从这四楼的阳台栽倒——但是不会掉下去，这里的每一间屋子都装有防盗窗。

我与这只鸟认识已经两月有余，由于对鸟类的盲知，我至今没有搞清楚它究竟是野鸽还是斑鸠。它就住在我的窗台。防盗窗的钢筋上搁着几个花盆，花草早已枯萎，但是花盆与顶上的遮雨棚共同构成一个遮挡风雨的空间，于是它聪明地利用上了。

然而我不喜欢防盗窗。第一次带女儿来看房子，女儿便说："妈妈，我们住到了一个笼子里。"我在老家的屋子没有防盗窗，有一个小院子，种满了花木，还有一株茂盛的紫藤。

为什么执意要搬到这个城市？我给了自己很多理由：为了给女儿一个更好的学习环境，农村学校的教学质量不容乐观；为了离母亲近一些，母亲的腿去年被车子撞伤后尚未完全康复……没有人能够说清城市对一个人的吸引究竟有多大。这是一个巨大的旋涡，如同梵高《星空》中的星河旋转着，仰望城市的人便被这不可言说的神秘卷进去了。我终于还是离开那个生活了十多年的地方，像一只鸟一般飞走了。

新巢是不容易寻觅的。全国的房市欣欣向荣，新开盘的房价越涨越高，我们虽有固定的工作，但是一年的收入不吃不喝也不能购买十平方米，而我们尚不能做到不吃不喝。很长时间，我们穿梭于各个中介公司，不厌其烦地比较一套套出售的二手房。

眼前的这只鸟是我最终选择这套房子的理由之一。这套房子已是二十多年的老公寓了，外墙是二十世纪九十年代非常普通的钢砖，防盗窗锈迹斑斑，没有专门的物业管理，居委会出面雇了个老头儿看守大门。小区里斜拉着不少电线，楼梯休息台里竖立着粗大的水管，一排陈旧的电表箱在楼梯下亮着一盏盏红色的小灯。楼道上落地的铝合金窗只剩下被固定的两扇，上面可以推动的两扇估计是被拆下偷走了。

我们还是满意的。房主长期在外定居，房子的装修尚有七成新，把厨卫整修一下便能入住。最重要的是老小区的房价不到新楼盘的一半，而这里离女儿就读的学校亦不远，房子也很大，朝南就有三间。朋友们都说值，这个价钱若是买新房，怕买不到六十平方米。但就算是这样一套二手房，也足以让我们背上几十万的债，还上三十年。

看房的那日阳光晴好，房主的父亲拿了一大串叮当作响的钥匙。房子经年无人居住，满室尘埃。在巡视东边一个卧室时，我竟意外地发现，玻璃窗外的窗台上歇

着一只灰黑羽毛的鸽子——我姑且称它为鸽子。走过去推开玻璃窗，鸽子竟也不飞走，只是小小的眼睛有些紧张。那么近，一伸手就能把它逮住，我能清晰地瞧见它颈上那一圈精致的蓝灰色花纹。我正兀自诧异，鸽子不安地欠了欠身，我瞧见它身下有两枚小小的蛋！原来它正在简易的鸟巢中孵化小鸽子，为了保护两枚蛋，它面临着巨大的危险但是并不撤退。我从未亲眼目睹过如此勇敢的禽鸟。房主的父亲很好奇，大声说："野味，抓住它！"

我阻止了。那个时刻，我决定买下这套房子。我不知道是我们闯入了它的家还是它闯入了我们的家。总之，它的勇气打动了我。

买下，是必须以经济实力为后盾的。而我没有。在我们这里，二手房交易通常是付定金后半月内付清全额再办理过户。全额付清，像一座大山轰隆隆地压来。半个月里，我成为一只章鱼，伸开全部触须，找寻可以借贷的人。我的摄影梦，我的旅行梦，我的进修梦，他想买的钢琴，打算给女儿请日语家教的费用，以及冬靴、春衣，这一切都被搁置了。母亲把准备办理养老低保的钱也拿了出来。一套现实生活中的房子把心里诸多小小的暖暖的愿望都吞没了。金钱，在我生命中忽然排到了第一位，成为考验交情的标尺，不能不令人慨然。

筹款的日子异常苦闷，我又几次去看望那只孵蛋的鸟儿，有时是夜晚，有时是白天。有一天，我看到了另一只鸟的影子，在对面的屋檐下一闪而过。我知道，鸽子是雌雄交替孵蛋的，我分不清哪一只是鸽子父亲哪一只是鸽子母亲。它们有一样的羽毛，有一样固守鸟巢的凛然。这种决绝就如同我用“为了女儿”为借口来逼迫自己，或者我用“为了将来”来逼迫女儿。

小鸽子出生在一个毫无预兆的日子。日子总是平淡无奇，如同水融入流动的河流。但是生命的诞生永远是崭新的。屋子里充满了原初的生命的呼吸，令这陈旧的砖墙也生动起来。这两个小东西蜷缩在大鸽子的肚子下面，看不到头部，皮肤是裸露的，几乎没有绒毛，红红的皮肤下面可以看到跳动的血管。那么小，那么新鲜。女儿趴在窗口惊喜地望着它们，想用手去摸一下又缩了回来，阳光照着她的侧面，她的脸上还有柔和的细细的茸毛。

幼鸽长得很快，没几日就比出生时大了一倍。女儿说一定是原来黏湿的羽毛被阳光晒干了蓬松开来了。在小鸽子争着吃鸽乳的时候，我们的装修便也开始了。这段日子特别忙，每日五点多起床煮早饭，接着给女儿穿衣服、梳辫子，一边催着她洗脸刷牙，一边叠被子铺床，然后连哄带骗地命令她把早餐吃完，给她背上书包系上红领巾戴上校徽和小黄帽，推她去上学，而我一边啃着早餐一边跑出去开车。单位离住所有二十多公里，我每天六点五十分出发，赶在七点半之前到单位打

考勤卡，开车成了“路霸”，见缝插针地超车。下班先是跑到蜗居查看装修的进度，有不妥之处即与工匠联系修改。为了省钱，我们没有交给装修公司，而是找了几个乡下的手艺人，自己设计着做。早上我上班时工匠还未到，而我下班赶回家，工匠已经走了，沟通凭借着电话和短信，自然就特别地吃力。检查完装修还要买菜做晚饭，督促女儿做作业，然后洗碗洗衣服，常常忙到半夜方能躺下，一躺下便觉得这样歇下来真好。双休日就更忙了，奔波于装饰市场或者流连于淘宝网，寻找着价廉物美的建材和用具，要把下周的装修事宜都一件件安排好。友人来短信，回道：“忙，忙得哭的时间都没有。”发出短信便愣住了：我一个事业单位的在编工作人员都忙成这个样子，那些居无定所的人更不知怎么个忙法了。有些问题容不得细想。一忙，便忽略了小鸽子的成长，连做梦都没有梦见过鸽子。我所能做的，就是把那间卧室紧锁，不让任何人去打扰它们，让它们自由地成长。

时光是不等人的。风依旧穿过高楼的间隙，穿过黑的瓦檩，吹长了乳鸽的羽毛。我们忽略了多少美好，无从计算。等我又注意到它们的时候，它们已经开始学飞了。

我知道，它们离理想更近了一点，而离我更远了一点。

晚上收拾完凌乱的装修现场，我偶尔会打开那间卧室，去看看它们。幼雏对我并不熟悉，然而却不怕我。

母鸽的目光越来越沉静，嗓子底发出低沉的近似梦呓的咕咕声，很温柔。小鸽子的羽毛长齐了，也是灰的，颈上也是一圈好看的花纹。它们并不直接起飞，在钢筋上跳跃几次，试探地扑动几下翅膀，然后才会穿出防盗窗淘气地旋几圈。它们飞的时候，我的心中会涌起飞翔的愉悦，仿佛我是它们的母鸽。我们生活在同一个屋檐下，同一个防盗窗里面。只是它们比我更自由，想飞的时候便可以轻易从防盗窗的空隙钻出飞向天空；而我，已经被捆住了。我站在四楼的阳台上观望，四楼，高于底层，却又在拔地而起的小高层前显得逼仄。我离天空很远，离地面也不近。无数屋子透出温暖的灯光提醒我这是在人间。在人间，有多少人像我一样被捆住了翅膀？

装空调的工人割断的防盗窗还没有重新焊接上，于是窗子就像张开了一个大口朝向外边的星空。这是一种蛊惑。当然我不会像鲁敏小说中的那个人一样化成一只鸟，我有足够坚强的心理后盾令我继续做生活的奴隶。飞走或者坠下都是不允许的，锁住我们的是比钢筋更坚固的防盗窗。在母鸽教幼鸽飞翔的时候，我忽然迷茫了，我该教女儿什么？

父亲几次说让我喂些玉米或者谷类，它们有了吃食会留下来。于是我几次三番这般来问鸽子，我的执拗令我怀疑，我其实并不是在与一只鸟较劲，而是在一遍遍

问自己。但我最终选择不介入。它们本是野鸽子，具有独立生存能力，何必用鸟食去奴化它们？它们一朝一夕获得了安逸，长年累月反而失去自立的本领，这会是一个悲剧。顺其自然，是对自然之道的尊重。然而我却没有问过女儿，我没有问她究竟愿不愿意住在防盗窗里面，或者愿不愿意在城区的学校上学。我甚至没有来得及问自己：愿不愿意这样一辈子成为房奴？房子、孩子、涨价、长大……这一些“快”的东西卷成一股洪流推翻了我在老屋的花草，仿佛还来不及静下来反思，我便被推到了一个公寓的阳台上。

但是面对一只鸽子，我是冷静的。我曾经设想：若是用玉米把鸽子留下来，然后呢？然后它们一帆风顺长得很好，会有越来越多的小鸽子，这是多么美的愿望——像我年轻时不断繁衍的憧憬；但万一其中有一只遇到了不测，又会是多么难过的事情。为了不失去，我宁愿从未拥有。所以，我不留它们，也不留曾经那些单薄的理想。这种放弃是不情愿的，但却是自觉的。

鸽子终于要飞走了。我用了“终于”一词，仿佛期待已久。

每一只鸟都是要飞翔的，鸟的理想在天空，不在于鸟巢。它们的巢那么简易，寄居在别人的屋檐下，一些细小的树枝织成巴掌大的一个窝，仅容得下两只鸽子蛋和一只鸽的腹部。

每一次起飞，都不知道它们还回不回来。总有一次，它们一去不复返，如同时光一般。那留在钢筋水泥间的空巢，提醒我们曾经拥有过的关于飞翔的梦。

鸽子飞起来了，扑棱的翅膀扇出风的清香。它们被爱囚禁的日子结束了。

我仰首向天，用力按住心口那只跃跃欲飞的鸟。

2010 年初稿

2012 年再改

第四辑

山河故人

大风吹不走的城

秋以为期。人说烟花三月下扬州，我与扬州的约期却在秋季。

回溯很漫长，那株银杏已经千年。扬州、吴州、南兖州、江都、广陵、邗……她的每一个名字都代表一段岁月，或长或短，可以回溯到这株银杏的根部，或者回溯到秦汉、春秋，甚至一直回溯到龙虬庄遗址的炭化稻种内部。我一喊出邗沟，古运河的水便开始流动。

倘若垂直向下，尚能汲取汶河之水。消逝，是这一条河流的代名词。文津桥掩埋在文昌阁下把历史从古代过渡到现代。循着那些诗意的地名寻去，就这样遭遇了她。驻足，停留在文昌中路和淮海路的交叉处，古木兰院石塔和古银杏是一个坐标。往事一下子近了。不迟不早，时光正好全部碎掉，化作千片万片缀满枝头。银杏，我知道你是这个城市用来昭示的：古与今、枯与荣、新生与凋零、流逝与沉淀、短暂与永恒……你把那么多词语叠加在一起，有近义词，有反义词，读着读着便是一篇经霜的文章。

“我去扬州，这时候还是第一次，梦想着扬州的名字，在声调上，在历史的意义上，真是如何的艳丽，如何地使人魂销而魄荡！”我与郁达夫相隔了七十多年，听从了同样的召唤，怀着同样的期冀前往一个叫扬州的地方，前往一株银杏。

一株银杏的爱与自由

汶河之水在叶纹里。汶河之水在木纹里。

无可抗拒，我在一个深夜穿越种种障碍来到它的身边。这是扬州城里最老的银杏，在唐朝，它的小名叫鸭脚。“秋天到来，蝴蝶已经死了的时候，你的碧叶要翻成金黄，而且又会飞出满园的蝴蝶。” 这是秋色叶植物恋爱的季节。它的叶子簇生在高高的顶端，其状若飞。风过，叶落归根雨一般纷纷。满地的金叶便是落了也扶木啊。俯身偶拾一片，薄的扇形衬上修长的柄，指尖轻轻揉捏，纹理细致宛若某人的发丝。

在扬州，做一株树是幸福的。它们自由自在地伸展开自己的躯体，与扬州城相映成画。它们很自由，想开花便开花，想结果就结果，结了满树的果欢喜，便是一个也不结也没有人责问它；它们的叶子想什么时候落就什么时候落，要是想凑热闹一夜之间都变成金黄，便是给扬州人的一个惊喜。扬州很温柔，一棵树种下，便欢欣地成长起来。听说扬州的古树名木达四百多株，十多条巷弄里有古树，十多所学校里有高大的银杏树，还有一半遁在寺庙。及秋，扬州城掩映在深深浅浅的色阶中，青绿、明黄、浅橙、橘红……如同霞映。

扬州的孩子也很自由，那些高大的银杏树抖一抖身子便落下一阵抒情的雨，捡来做书签，用来画画，想捡多少就捡多少；上课的时候听到窗外有果子坠地的声音，白果便在心里滴溜溜滚了几转，捡回去小心剥去外皮相互争看。扁的称为“巴瘪子”，不会随意滚动容易控制，便拿来玩游戏；而圆的白果叫“呆果”，带回家放在铜手炉里或煤炉子上烤，烤到果壳裂开了就可以剥开吃了。一年又一年，孩子们长大了。他们小时候的习作中有银杏，他们回首往事的文章中也有银杏。

扬州人纵容着这样的自由。树和人相兼爱。卖百合花的女人说，这株银杏已经一千多岁了，依然年年开花，岁岁挂果。老百姓疼它，每年落果后都会给它贮肥。银杏喜欢油脂类肥料，到了冬季，扬城人把发酵过的黄豆埋入土里，每棵古银杏树都要“吃”上好几斤。女人说话的语气很恬淡，就像叙述一件家常事。她的男人说：田家炳中学是明朝的万寿寺改建的，里面也有一株几百岁的银杏树。去年学校新建教学楼，为银杏树让路，把原来设计的长方形改成了“L”形。这样真好，不是吗？生活在这样的环境中，又怎能不生博爱之心？

今夜我在扬州的街头巷弄穿行，走着走着，便逢着寻常巷陌中间立着七棵水杉，或者人行道上用小巧的围栏护住一株古木。这样的遭遇让我觉得温暖。路为树让道，人为树让道。树，早已植入扬州人的生活。我想，一个爱树的城市，必也爱着万物。

扬州的百姓也是幸福的，一直生活在银杏的昭示中。它雌雄异株，种核呈椭圆形或倒卵形，这蕴含一种暗示，大明寺的师父说在家众生皆是有情人，情不重不生娑婆。中药铺用它的果实敛肺平喘，又治体虚阴亏之症，无疑又是一种拯救。医书上有记载：有小毒，不宜生食，尤其不可多食。扬州人从小就知道，白果好吃，不能贪嘴。适度，自律，这多么像是一种忠告。欲念、药与毒。适度是药，过度是毒。爱与自由是一对多么美的近义词，而自由和限制又是一组多么必需的反义词。明白了这个道理，一株银杏可以活上千年。

此刻，它睡着，多么祥和。一枚扇叶在我的手心活过来，轻嗅，苦香，宛若生活的味道。我向来偏爱银杏，秋色叶植物都活得那么真实又那么睿智，四季轮回如同我们的人生。这层层叠叠的叶子像极了平凡的百姓，长了一轮又落了一轮，众多，无名，无论枝头的还是委地的，把自己积攒的全部汇成小小的一片，却构成这么丰富辉煌的风景。叶的纤巧与树的高大总是相辅和对比。我展开双臂试图环抱它，它远远超出双臂的长度；我绕树三匝，试图看清它的全貌，可我仅能看到它的某一面；我仰视它，金扇翩飞亭亭如盖，她的背景广袤无边。站在一株唐朝古银杏的边上，我多么微小，轻若一枚黄叶。

断裂：一对反义词构成的疼痛

“古柯不计数人围，叶茂枝孙绿荫肥。世外沧桑阅如幻，开山大定记依稀。”

乾隆诗中的银杏王，许是天宁寺中的，许是大明寺里的，许是这一株，也或许都不是。但是顺治二年（1645）的那场战争，扬州城内三百七十岁以上的银杏都不会忘记。

扬州，淮左名都，竹西佳处。纵贯南北的京杭大运河与万里长江在这里交汇，历来是水陆交通枢纽；又有桃红柳绿商贾兴盛，为古代兵家必争之地。战火烧起来，扬州几度盛衰。史，对于我这样的女子来说，委实过于沉重，但是扬州绕不出这段历史。暂且不去说唐末五代的战乱，亦不说南宋时期金兵几度来犯，我们说的是顺治二年。那场血流成河的战斗造就了一位可歌可泣的民族英雄。

扬州人民代代讲述着发生在乡土故园里慷慨的故事，一株银杏经过血与火的洗礼长得更加坚实。崇祯十七年（1644）四月，吴三桂引清兵入山海关，民族战争唯一的据点，就这样失去。次年，扬州沦陷。当时驻守扬州的是明督师史可法。清政府多次招降，先以荣华富贵相诱，继以兵压城下相逼。史可法拒降固守，城破，自杀未遂被俘。多铎再次劝降，史公只求一死，但请勿伤民众，终不屈牺牲。副将史德威遍寻遗骸不得，遂葬其衣冠于梅花岭下。

顺治二年四月二十五，银杏的年轮中这一圈色泽特别深。那天的雨倾盆瓢泼，那天的炮声甚于雷鸣，扬州城处处刀光血影。我们不要再去听那些哭声，妇人的，婴孩的，百姓无辜。我们听到的是勇士的怒吼。他们对于死的执念甚于求生，因为他们心中有崇高的信仰。知其不可而为之，为国捐躯的壮士们义薄云天。《维扬殉节事略》是一曲荡气回肠的民族悲歌！

扬州十日。汶河水被染红了。

阅读这段历史，我浑身颤抖。我分明看到一株高大的银杏被雷劈开！比一千门炮火更无情比十万柄刀斧更锋利，生生地劈开了骨肉相连的躯体。疼，是一个无法用汉语喊出来的字。这个初夏，扬州城的每一株银杏都老了！它们的树皮迅速爆裂，划满刀痕。每一块的边缘都微微外翻，像死去的魂灵。只有流过血的人才知道它们褐色的皮下是鲜活的乳白的经脉，它们的心与木质部分连得那么紧密，每一次分裂都会疼痛无比。

在我案头的几本明史都写到史可法。无论正史还是野史，其中有疑史公治军之才者，但无责难史公之品格者。孟森先生认为“史公之可传，以纯忠大节，千载景仰”。在他殉国后，南明赠谥“忠靖”，清高宗爱新觉罗·弘历南巡至扬州，赠谥“忠正”。正是源于他的气节，这位明朝将军也赢得了清朝皇帝的尊重。四十四岁的他，面对生死抉择，高高抬头的是宁死不屈的民族精神。四十四载，一株风华正茂的银杏落完所有的叶子，孤零零的枝干指向高空演绎生死涅槃的壮美。

说起来，明末清初的民族之战与一代枭雄吴三桂分不开。我提吴三桂，是因为他跟扬州的高邮多少有点关系。通过书籍和网络查证吴三桂出身，一说是祖籍高邮，出身于辽东将门，今绥中县人，后中武举，以父荫袭军官；一说是明清之际高邮人，辽东籍，字长白，从小在邮习武。我更倾向于认同前者。

对于吴三桂，史学界褒贬不一。有人认为他是一个见利忘义、背叛民族、反复无常的人。也有人认为，他引导清军的行为促进了国家的统一和民族的融合，具有正面意义。吴三桂本是守关的抗清将领，却打开关门让异族人冲进自己的国土与自己的同胞为敌，他的人格经历了怎样的分裂？他与史可法是怎样一对鲜明的反义词？战争是无情的，“剃发易服”对汉族文化的冲击和凌驾也是无情的，在那段岁月，有多少株

银杏被无情地劈开？断裂，是一个民族的痛感。据说，吴三桂少时也种树，有人说那树在绥中县绥中镇一所小学内。他种的不是银杏。他少时若吃过白果，可会领悟银杏的昭示？

我第二次来到扬州还是因为古银杏。情人节的深夜我尽量靠近她，贴近她，亲近她。她经历过一次真实的雷劈，被劈开的部分坚硬而光滑，带着决绝的暖和美。我倚着树干静默地站着，微闭着眼，在某一瞬间借车灯交错的强光进入银杏的内部。一株银杏最中坚的枝干，是经过风霜洗礼的，它一点点把民族精神和半部地方史楔进了木质部分，雷劈不朽，风摧不倒。绿杨城郭，不仅有烟笼隋柳的温柔，更有银杏高耸直立的铮铮铁骨。不止是史公，还有与史公共存亡的将士，还有更早的双忠祠的李庭芝和姜才以及此后辈出的革命英烈。我想，正因为扬州有这样的风骨，因此她总能在劫难之后重复繁华风姿绰约。

时间最懂得应该记住什么。史公祠的银杏是后人栽的，也已经二百多岁。沿着盐阜路，顺着护城河，一路上的行道树都是银杏。它们沉默着，把人引向刚性。史公祠坐落在梅花岭畔，面南背北。墓台下两株雄性银杏之间，竖着青石墓碑，上镌“明督师兵部尚书兼东阁大学士史公可法之墓”。墓前银杏蔚秀，蜡梅交柯，高古沉重。

读着经霜的文字

银杏是负有使命的，史公祠的银杏也种到了人的心里。

他从小跟随父母到扬州，十九岁考入北京大学，在扬州住了十多年，自称“我是扬州人”。他的原名是朱自华，蕴含“腹有诗书气自华”的希冀。朱自华十多岁的时候，陪父亲朱小坡在史公祠养病，多次听到史可法誓死抗击清兵的故事，对史公深为崇敬。直到上中学，朱自华还常去史可法的衣冠冢，用少年的热忱写过多首凭吊的诗歌。气节是一株银杏的种胚生生不息。后来他改名叫自清，就是取《楚辞·卜居》：“宁廉洁正直以自清乎？”

于是我读着他的《匆匆》长大，后来读着他的《背影》和《荷塘月色》。当然也读着他的《说扬州》。朱先生的文笔清隽沉馥，如同瘦西湖初夏的一帧风景，绿得深沉却不沉闷，拥有水一般的灵动却不张扬。我更为欣赏的是他文字间流露出的真情实感。他写扬州朴素含蓄，真实道来，没有一点应景之作的痕迹；他写儿女，实实在在，把家庭琐碎的场景如同幻灯片放过，内心的烦恼和自责展露无遗；他写纪念七七抗战的短文又充满了热烈的歌颂。文字就像千古的银杏，穿越时光，穿越生死，让我真切地触摸到他的气质。人不在，月色满荷塘，写下名著人共读。

尝与文友谈论散文，以为第一层次的散文取胜在文辞如《荷塘月色》；第二层次的散文好在情切如《给亡妇》；那么第三个层次呢？还应当富含哲思，把人引向正确的深层的思考。这样的文章不仅需要笔力，需要真情，更需要人品的映照。好的文章该是学问、人品、才情、思想的水乳交融。好的文章比唐朝的银杏更长久，更让人受益和感戴。

先生是写出好文章的人，因为先生有气节。一九四八年是朱自清人生的最后一年。国内物价狂涨，先生贫病交加。作为清华大学的教授他可以用较低的价格买到“美援的面粉”。但由于当时美国政府积极扶助日本，诸多进步人士义愤填膺，联合在《抗议美国扶日政策并拒绝领取美援面粉宣言》上签字。据吴晗教授回忆：“当时，他的胃病已很重了，只能吃很少的东西，多吃一点就要吐，且面庞瘦削，说话声音低沉。他有许多孩子，日子过得比谁都困难。但他一看完稿子，便立刻毫不迟疑地签了名。”签名后即叫其子朱乔森把当月两袋平价面粉的配给票证退回去。不止如此，在逝世前两天，他还嘱咐夫人：“有一件事得记住，我是在拒绝美援面粉的文件上签过名的！我们家以后不买国民党配给的美国面粉！”

银杏和人一样，小时候树皮也是光滑的，浅灰色。三月萌芽，四月开花。慢慢地长，长到二十年方始结实，果实经霜乃熟。我喜欢“经霜”这个词，它代表一种成熟，当一株银杏献出金黄的扇叶或者捧出满枝果实，它不是一时的冲动和热忱。朱自清在宣言上签字时已经五十一岁，他做出的选择是慎重的。他在日记中写道：“此事每月需损失六百万法币，影响家中甚大，但余仍决定签名，因余等既反美扶日，自应直接由己身做起。此虽只为精神上之抗议，但决不应逃避个人责任。”银杏的骨头长到了他的身上。

时光轻轻飘起，薄若蝉翼呈现半透明的美丽。安乐巷27号。光从天井漏下来，带着斑斑驳驳的叶的轮廓，仿佛是银杏积聚的无数次信札忽然寄达，斜斜透进木雕的窗棂，落在旧家具上，先生用过的烟斗、蓝花笔洗以及致妻儿的家书都静静地沉默着，像在怀思。

节令的更替是一种流动一种循环，形成一个封闭密匝的圆，就是树的年轮。一个城市的年轮呢？岁月无情，不知不觉间滑过去，若《匆匆》所记：“过去的日子如轻烟，被微风吹散了，如薄雾，被初阳蒸融了；我留着些什么痕迹呢？我何曾留着像游丝样的痕迹呢？”岁月有刃，刻入时间深处，刻入代代相传的血脉。树如此，人和物和一座城市亦然。银杏尚在，朱自清也留下很多。有些东西沉淀下来，便成就了一方水土的底蕴。夜很凉，银杏处乱不惊，经过四季的人分外气定神闲。褐色的树皮是纵裂的，纹理向上。我欲沿着经脉之血而上，握住更多的手，诸如李白、杜甫、孟浩然、李绅……无数古人的背影涉过岁月的长河而来。被我握住是一大把咏扬州的诗词歌赋。一株银杏植在张若虚的《春江花月夜》，植入欧阳修的平山堂和无双亭，植入四贤共游的文游台；一株银杏从唐朝长到了宋朝，又长到了板桥风格劲健的兰竹中，长到了评话弹词壮怀激越的悲歌中，长到了老百姓口头流传的无数佳话中，长到了很多人的骨头中。它不疾不徐地长到现在，还在不停地长。

这个情人节我送给自己一把染得五颜六色的白果，封藏在一个玻璃罐里做装饰品。它们真像一些彩梦的种子休眠着。我的胚芽将与这株银杏完成神圣的对接。银杏深深地扎根在这片土地，有着不可估量的厚重。人民、历史、文化，或许就是古城扬州的繁叶、枝干和根系。

我喜欢大树，总觉得有大树的城市才有根，不会轻易被风吹去。银杏，是扬州的市树。在我心中，有时候扬州就是银杏，有时候银杏又是扬州。

2009 年初稿

钱塘记

1. 开化：被唤醒的视觉、听觉与味觉……

把一个整日坐在办公桌前面对电脑的女人，忽然放到山明水秀的桃花源中，会发生什么？

从慈溪往开化，近四百公里，可算是一次逆流溯源之行。一江春水，时在左，时在右，时相近，时相离。车下高速，一路所见，青山之外有青山，春花之外是春花。深深浅浅的绿，每一种都自然、纯粹，恰到好处。天地之间澄澈得令人耳目一新。

我来的时候适逢小雨，连雨水也显得透亮，看着那水，眼睛会亮起来，心也会慢慢亮起来。这个女人正慢慢地被唤醒，被软化，仿佛正回归到女人的本性，一个在自然中生息的女人，自然给予她莫大的欢愉。在此时，电脑、手机、车子、文件、数据……都在迅速淡去，仿佛人生就是简简单单的人生，日子就是简简单单的日子。

翻看开化的介绍，第一句便是：开化位于浙江省母亲河——钱塘江的源头。其实对于源头的认定，亦曾颇有争议。据一九七九年版的《辞海》记载，钱塘江上游源出浙皖赣交界处的莲花尖，即开化莲花峰；而一九八六年《人民日报》又有定论，称钱塘江正源是新安江，源头位于安徽省休宁县。在开化，提及此事，开化人就与我急，言新安江是北源，而开化马金溪则是南源。无论如何，就浙江而言，钱塘江最靠近源头之处就在开化了。开化，正符合我心中的想象：作为一条大江的源头，它就该是这样的——清澈、自在、丰沛。

从桃林下高速，往齐溪镇秧田村的集合地尚有不少路程，一路与当地宣传部门的一个小伙子闲聊。小伙谈到了香火草龙舞、高跷竹马、保苗节、祈水节，谈到开化龙顶茶，谈到根雕园。一路青山绿水，灌满耳的风声、水声，扑入眼的山色、水色，一点点打开我的感官，我全身的毛孔都在慢慢张开小耳朵、小嘴巴。

夜宿秧田村，一家民宿。屋旁一片油菜花，屋前屋后都有溪涧。食宿简朴。有趣的是在门口看养蜂人取蜂蜜。用烟熏火燎的方式把蜜蜂逼退，然后把蜜舀出来。慢慢弥散的甜香中有着油菜花的味道，把人与自然拉得很近。晚上没有睡实，一夜听得溪声，天蒙蒙亮又在鸡鸣声中醒转。多少年没有这般听到鸡鸣泉流了。

诚然，我们离开田园生活久矣。这些年我离开乡村搬到小镇，后来又搬到县城，一步步离开了青山绿水，在高楼之间蜗居下来。用的水都是藏在水管中的，水龙头一拧，水就出来，略带着漂白粉的气味，有时也会有铁锈的微红。在城市的日常中，水是实用性的。我曾经写过一组关于女人生活的诗歌，水槽、洗衣机、水龙头、莲蓬头，这些混合着塑料和金属的物件，是我平时能想起的有关水的内容，大大减弱了我们对于水的审美感受。工业文明无可避免地对农耕文明产生持续的入侵，我们甘愿领受着时代进步带来的变化，却又不时在患得患失间蓦然回首。

我所住的民宿就叫“听泉”。听泉，是日常中多么奢侈的事情。而这从庸常中抽取出来的一日，我从慈溪赶到开化，便有了一整夜的清闲。泉声不息，然需心境。平素听到的多是水斗中清洗蔬果的水声，偶有听雨，亦在闹处。一下子到了山间田间，夜籁寂静，水声便丰沛起来，飒飒满耳。初时以为是雨，渐渐听出些不同的风致来。流泉是富有音乐性的，时而嘈嘈，时而切切，时而叮咛作声，你便可想象何时御风，何处遇石，何处适逢落花。迷糊间，又会想起很远的伯牙与子期，一个抚琴，一个聆听。高山，流水。今夜，是溪的知音，听了一夜的琴。

在见面会上，开化人介绍时有些煽情地说道：开化的水那么清，让人舍不得一脚踩进去，令人总想掬一把捧在手心……所言不虚，第二日我们前往滚坑飞瀑，沿途所见皆是清流。溪往下流，我往上走。遇隙而落，遇石而绕，缓流时温顺，湍急时溅玉。水雾不时溅落下来，沾在我的长发上，濡湿了脸庞。密集处更如细雨，需顶伞而行。山花闲落，随流而行，恍若一场花时雨。而水是最柔软的，捧一把在手掌心，便从指缝间溜走，忍不住张开嘴去接，却呛到了鼻子，留下一点点清冽。“这水是甜的。”我们的欢喜与赞美溢于言表，一路按着快门。我用慢门拍摄，那水，定格在画面，正如牛奶一般，慢慢涌出来。

那日清晨我写下《致怀揣河流的人》：

一个站在下游江边的书生，他的体内
有多少条支流？
他如何眼睛发光，让波涛亮起来又暗下去
他如何修筑堤坝，让汹涌之物顺流而下
他如何在干旱中焦虑、煎熬而渐渐干涸
他如何故作平静，从一江春水边走开
这一生，因为明白了一条江既不能断流
又不能决堤，他几乎时刻与自己为敌
而活在上游的女子，临水照影的女子
因为拥有一条江的母性与清澈，

她的目光一直那么湿润

她踩过的青草又直起了身

2014 年 4 月 13 日晨　开化北源莲花峰

对于一群处于下游的书生而言，源头的清澈更多地洗涤了尘世的困扰。在这之前，我对“五水共治”并不关心，似乎是水利局与环保局的事情。我们都是沉浸在尘世浊流之中的人，日日斗转于现代生活的局促与匆忙。开化的水重新唤醒了我们的感受。色声香味触法，六识被重新唤醒。

据说在开化找不到一条不能游泳的河流。这是需要做出选择的，她放弃了很多其他的利益，努力保持着我们最需要的本质的那些美：阳光、清风、新鲜的空气、纯净的水。所以开化的美，又有了明心见性的意味与勇气。

有时，我们委实需要与自身的生活保持距离，旁观者清，想一想我们的来处与去处，我们走过的路；或者仅仅是把自己抽离出来，一个人，静听一夜泉琴。

开化的油菜花快开败了。但新茶正好。

次日便饮得开化龙顶。在大龙山村，近山远坡层层茶林。据说山顶有不少八百年树龄之上的老树。在山脚下坐饮，把两张桌子拼拢，围成一桌，不少诗友便即兴吟起诗来。茶刚刚泡开，龙顶的香味刚刚缠绵唇齿之间，一叠纸在众人手中传递，每人均要留下几句话。想起“南方有嘉木”一诗，便匆匆套写了几句打油：开化有嘉木，青青在龙顶。当年皇帝物，今日百姓茶。

关于开化龙顶，有人说它为明朝开国皇帝朱元璋赐名，另外还有道家的传说、仙家的故事。“茶出金林者，品不在天池下”，《开化县志》这样记载。明崇祯四年(1631)，开化的芽茶就列为贡品。当年是皇宫里的珍品，如今是寻常百姓手中之物了。粗看似乎是物质生活上的进步，然而我更愿意视作是思想观念上的一大转变。在旧时，人们是为着上层服务的，最好的东西总是往皇宫和达官贵人家里送；而今，寻常百姓亦能享用到贡茶。一杯茶寻常，难得的是众生平等。从王权至上到为民服务、以人为本，竟不由想起我乡名贤黄宗羲的民本启蒙思想，每一种思潮的背后，必有那一代人的觉悟与文明的递进。精微到茶，大政到治水，似乎体现着同一种精神。所以我写下百姓茶时，心中有些慨然。

今天的开化龙顶茶，已成源头一绝。据说要用开化的清泉冲泡才能品得其真味，所谓“钱江源头水，开化龙顶茶”。握着手中温热的杯子，清香与甘苦融为一体，此刻，香有多少？甜有多少？苦有多少？它在舌尖的余温和回味有多少？楼下有闲坐的老人，推开的窗户中探出一个小女孩清爽的脸庞，这是二〇一四年寻常的一天，在开化，我，一个寻常女子，基于一种温暖持久的感动，饮一口，便在心中写一行诗。这真是写诗的好时分。

> 因为有了低处的美，
> 所以河道、深渊与她们都得到了祝福
> ……
> 因为我见过你在莲花峰的叶尖滴落的样子
> 所以明白，柔软更令人心动
> ……
>
> ——《低处的美》

柔软的事物总能唤起心的柔软。源头的清澈正净化着世俗生活，一杯贡茶的回甘也感动着寻常如我的凡人。五水共治，出发点也是为了民生。还原水本身的美，还原这个世界本应具有的自然之道，或者说还原人心本应具有的柔软。

在开化的山水间走过，想到那句感人的话：一江清水送出开化。这清澈，正是我们所需要的。而我，特别想在开化多待几天，听听泉，饮饮茶。此时，我是一个透明柔软的女子，像水。

2014 年 4 月 13 日初稿

2014 年 6 月 27 日再改

2. 经过两个衢江：时间之经纬以及清浊

落花时节，到了衢江。春又归去一些，江又往下流淌一程。而更多的水正在汇合，更多的内容使这条江丰富起来。我们从上游而来，若在宋时，我们该是坐着船沿江而下，在樟树潭的古埠头登陆。沿着略带潮气的小径，到一个叫金仙岩的地方，穿过掩映的绿竹，慢慢走到一个山洞。洞中的那位僧人备有不错的茶。衢江两岸的青山绿水，和文人雅集的相谈之欢，都是催发诗情的元素，于是便挥毫泼墨，便吟诗唱酬。那些诗，被有心人刻在了石壁上。

从开化到衢江，一个多小时的车程，比流水快一点，比岁月慢一点。古埠头重建尚在规划中，我亦无法寻访那个山洞，只能凭借当地书生的描述，“宋代的，二十余幅碑刻与摩崖石刻，行、篆、隶、楷俱全，虽是无名者，却几乎均是精品……”他说这话时，脸上带着向往的神情；而我，则是无限的想象。那些诗，那些字，记录着千年前的衢江，青山绿树，江行其中，船来舸往，江上往来者时有高士。

不知江参当年有否到过金仙岩山洞。我亦无法拜会江参了。江参是镇江人还是衢州人是有争议的。夜宿茶坪当夜，我给见大草堂主人发短信以求证，他是慈溪知名的古代书画收藏家。约过了一盏茶时分，他回复我说：

“此类生卒籍贯争论历代较纷乱，尤其是名人。依余之孔见，应以本人自传或最早的记述较为可靠，故江参应是浙江衢州人较可信。可查阅宋邓椿《画继》、宋刘克庄《后村集》。”然江参的具体生卒年已无从考证，他生于北宋，卒于南宋，一生经历了社会的动荡与朝代的更替，但《千里江山图》留了下来。宋朝还有一幅王希孟的《千里江山图》，千里江山秀，一襟风露清。

我们沿路蜿蜒而上，山水已不复宋时山水。我一半行进在平坦的马路上，一半行进在想象中，一个我同时经过两个衢江。

想象是抒情的，生活是现实的。在衢江区的第二日清晨，我们在茶坪分道扬镳，一些文友往上，去的是治理过后的乌溪江，从微信群中即时发送的图片可见，他们正惊艳于江南的小九寨沟。而我们往下，面对的是黯淡的铜山湖水库。这个灌溉用的水库，水色看起来几乎接近于黑，使飞过的白鹭与湖边烂漫的野花显得突兀地白。一直走到防洪洞边，折返，寻不到宋朝的诗情，亦无江参的画意。那到底是宋朝的事情了。

当地人实诚，他们并未掩盖什么。这个列入三年治理计划的水库把我狠狠地绊倒在实际面前。从铜山湖走下来的时候，我们沉默了许久。回头，只见一株淡紫色的泡桐树在防洪洞边静静地开花，静静地落花。她置身事外的美，竟让人想起隔江犹唱后庭花的怅惘来。

距铜山湖水库仅一公里的杜泽古镇，有着与之相似的暮气。我们穿过长长的街巷，经过几个铁匠铺、相对热闹的市场，去看一个老建筑改造的老年活动中心。

建筑对面，是一家临街的老店铺。玻璃柜蒙着一层薄薄的积尘，散散地陈列着胶鞋、手套、搪瓷杯，还有一个坏了的热水瓶，都是从前经营时遗留下的物件，谁看中就廉价买去。屋子中间是一张方桌，桌上有几个剩菜。有个老态龙钟的妇人坐在轮椅上，背后靠着一个布枕。墙上有一幅男人的遗像。我对她一笑，她也一笑。屋里转出一个老人，瞅了我一眼；门外又走进一个老人，问我来做什么。来做什么？我恍惚间有些迷茫。这积满尘埃的曾经的繁华，几个相似的老年人，正午的阳光没有规则地散落着，门口窄窄的溪流沉静而黯淡地静流着，几乎没有水声。

交谈片刻，才辨清他们的关系。老母亲，一百多岁了，今年摔断了腿，只能坐轮椅。大儿子，八十了；小儿子，七十三岁。他们在这镇上住了很多年。没有看到他们的孩子，许多年轻人都出去打工了。据说就职培训以及转移水源地居民也是当地五水共治的一项措施。说起水，话渐渐多起来，门外陆续进来更多的人。有的说，因为年轻人都走了，老人种地挑不动担子，都开始施化肥，化肥污染了水源。有的说，因为沿岸有人养猪，一头猪的污染相当于六十个人；有的说，因为水库养鱼，喂饲料……问他们，铜山湖泄洪时，是不是直接把水排出去，然后进入钱塘江？说大概是的。问他们，水大约是什么时候开始变质的？有的说十年，有的说五年前铜山湖上边的溪涧还能担水喝，有的说前年还能游泳……说着说着，又沉默了，仿佛沉浸在过去的回忆中。

杜泽镇家家户户都挖了井，如今他们习惯使用井水了。他们也像忘了流淌的人，静静地在老镇里生活。而我，一个过路人，不过是偶尔投入井中的小石子，很快便沉下去了。

那夜，找出钱塘江的资料来查，数了数，沿江而下，类似于铜山湖灌溉用的水库不下十个。发了短信给家乡的水利局局长，问他有无彻底治理的方式。少顷，他回复说水质问题主要二个原因：一是外污染，比如畜禽养殖、工业排放、生活污染；二是水库自身养殖投饲。知道了原因，治理就可对症下药。要不影响钱塘江水质，当地就要有大局观，牺牲局部的利益，通过治污提高水库的水质。第二天，《钱江晚报》的记者来电采访我时，我把这些话转发给了她。

那夜，我写了很多诗。一个读书人，除了以诗文记录今日之衢江，还能为一个湖一条江做些什么？

“给毁损的美以公正，一条脏了的河流
也应得到尊重。”较之清澈，她承担了更多。
——《铜山湖水库》

一条令人争议的河流
已没什么值得荣耀，但她依然愿意
以仅剩的温柔，滋润更低处的人
——《她是我的母亲》

爱女人一样爱乌溪江，爱她的
清澈与湿润
爱母亲一样爱铜山湖，
爱她的苦难、衰老与含辛茹苦

——多少人和她一样
心还在上游，身体却不断往下
——《辗转于一场美的被毁》

衢州菜太辣。上火。我写的诗歌也充满火气。这火气背后，有着更深的无奈和虚妄。较之践行者，诗是多么无关痛痒。

今日，离江参的《千里江山图》已远。山还是那些山，水也还是那江水，只是宋韵缺失。时代的切换，生活方式的改变，一条江与人的关系在变。三年、五年、十年、二十年，往上推，那些水曾经是甘甜的。三年、五年、八年、十年，往下推，我们期待那些水恢复甘甜。

在衢江，没有去成乌溪江，很是抱憾。只能通过文友们的描述抵达。在马叙的散文中，可见乌溪江段的仙霞湖水库与铜山湖水库有截然不同的风貌。“抱珠垄村散落在山坡上的民房与湖与满山林木构成了一幅诗意闲居图。”他与慕白所见到的一角渔火，他所记录的旧式民居的门楣与窗楣上方的文字，不时触动我对古时的遐想。“暗香”“疏影”“吟风”“读月”……一种慢得与旧时光一致的根深蒂固的情怀。

没有去成的乌溪江为我留下另一种可能，弥补我此行诗情画意的缺失，以及展望《千里江山图》的巨大落差。对乌溪江的盛情赞美，对铜山湖的沉痛反省，正好构成了衢江所呈现的两个角度。以乌溪江治理的成功为例，衢江人正在落实更多的治理措施，努力发展现代化农业。“虽然是吃亏的，但我们在上游，我们要对这条江负责。”他们说。我相信衢江人心中有这一条江。

无限江山。而时代变化的迅疾，像大坝落下，切断审美的过渡期。没有人能够要求一个地方始终保持原貌而止步。在今非昔比的今日谈论宋朝，有烂柯人一般的恍惚感。时光与江水一样，难以回溯，我们今日所作出的选择更多偏向于现实的利益，但这并不意味着我们的内心不再需要才情与诗意的抚慰。青山绿水，江枫渔火，渔樵问答，是自然生态本身的魅力，也是千百年传统文化以及中国式审美对文人精神深层次的召唤。当我们说起“那时……”便会有一种时间的经纬立起来。

宋朝，或者此时此刻；铜山湖，或者乌溪江。一条江的命运与人生有着太多的相通之处，失去过，才知道如何去珍惜。这一天，我们同时经过两个衢江。两个衢江，几对反义词，恰好是对我们的警醒。

2014 年 4 月 15 日初稿

2014 年 6 月 29 日再改

3. 在历史的大江上一再沉默

龙游，是一个具有动感的地名。她的动自然与这条江有关。衢江如龙穿过这个县的中心城区。据说将地图倒拿，坐北朝南像皇帝一样看龙游，它的形状就像一个龙头。或许这注定了它的不寻常。

今日得偿我坐船的心愿。晨起自曹垄附近出发，逆流而上，过竹林禅寺，绕过江心洲，到灵山港。我原想假作斯文，立于船头，做一个寻古的佳人，一挥衣袖便收尽两岸美景。是这条江，是这些诗意的地名，让我从开化追随到此。我还记得她在源头清澈的模样，一晃已是人间数日。

谁曾想一条江竟老得这么快。挖沙船把江水搅浑，挖起的泥沙堆成小山，水面漂浮着星星点点说不清的物品。我是多情之人，活脱脱一副心痛不已的神情。

两岸青山，江行其中；江水蒙蒙，舟行其上。但那种美已不复存在。我在途中询问龙游五水共治的措施，龙游对工业园区的规划，对污染源的排查，对造纸业与畜牧业的控制，刨根究底地问。也听他们说治理的方式和努力，也听他们说治理的困难与解决后继民生问题的苦衷。每一次问答，也是对自身的质问。后来，我们望向江面，沉默起来。

一江春水往东流，正好与我们的船头相迎。沿途过张家埠，有妇人在埠头浣衣。在龙游，带有“埠”字的地方不下十个，可见当年衢江沿岸船只来往商贸兴旺之象了。

于是便想起龙游商帮。龙游人经商始于南宋，应与南宋迁都杭州有关。前几日，与河南省作协主席李佩甫先生谈及南宋迁都，他慨叹当年几乎所有贵族与中产阶级都举家南迁，只剩下穷困潦倒无力迁徙者，这段历史直接造成了中原的没落，同时引发了以临安为中心的江南新一轮发展。龙游应是受临安辐射之一所。

商帮之兴自然也与这条江息息相关。一条江便是一条路，便是信息流动与交通的途径。江的开阔与流淌也影响了龙游人的性情与思路。龙游商帮主要从事长途贩运，我猜想这应与当时水运发达有关。明朝天启年间的《衢州府志》记载：“龙游之民，多向天涯海角，远行商贾，几空县之半。”龙游人身上必有这条江的特性，他们像一条条支流一样深入到外地经商，又如一条大江

接纳支流一般，容纳着外地客商，不像一般商帮那样垄断利益。据记载，外地人迁入龙游经商并成功者，至少有八十三姓四百多族。

同时孔府南迁也推动衢州文化发展。宋朝是个重视文化的大朝，南遁迁都亦不忘让儒家宗室捧着牌位在后面跟着走。昨日午后我们在衢江孔府家庙饮茶、吃灯草酥，夜下龙游，不过几小时车程。儒家南宗的传播，使衢江沿岸更富书香。可以想见，大宋文化在西湖歌舞暖风醉人之下，与江南的文化重组结合，获得怎样新的发展。这些风雅对一个国家的军事并无多大意义，但对文化产业的推动以及第三产业的孵化颇具助力。龙游商人很快接收到了敏感的文化信息，他们经营的一个特殊行业就是刻书与贩书。据资料显示，明清时，除了杭州，浙江有上规模的刻书坊十一家，其中八家在龙游。与书相关的是纸业，于是产业链又有了更大的拓展。龙游又是“竹子之乡”，满山翠竹正是得天独厚的造纸原料。在光绪年间，龙游曾有纸店二十家，生意甚是火爆，不少龙游商人还将纸贩运到外地经营，当然他们肯定要走水路。（话说喜欢收藏古书的朋友应该感谢龙游商帮当年做出的贡献呀。）今日龙游的造纸业已严格按照生态环保的标准进行转型升级，采用进口原浆等种种方法减少污染。而不能达标的家庭型小企业已全部关闭。至于关闭之后，他们去做什么，没有接着说，我也不忍追问。于是我们又沉默了。

而一条江也沉默了。水路交通渐次式微，埠头逐渐荒芜。

再往上就是龙游石窟。历史至少往前推了千年。巨大的石窟拥有足够的空间容纳你的想象。采石说、屯兵说众说纷纭。历史总会留下很多的谜。龙游县分管文化的陆县长一路同行，对龙游石窟颇有研究。那日下午，我们在翠光阁中歇脚，听他谈龙游石窟，后来得赠一本厚厚的学术著述。粗略一翻。其实我并不想要定论。石窟是空的，关于它的种种猜测已超越它的本身。它的空，或许就是它最大的魅力。我本想与陆县长谈谈李白的《静夜思》。据说此诗为天下第一思乡诗，超过王维的《九月九日忆山东兄弟》，究其原因，就在于《静夜思》是白的，它只有陈述没有定论，就像是一个筐，每一位读此诗的人都可以往里面盛放自己的情绪和感悟。

对于我来说，龙游石窟的空也正好盛放了我肤浅的浪漫主义。森然恢弘的气度，四方大气的格局，而与整体气象格格不入的那几个小浮雕，或许是工匠在施工过程中想起某位少女而信手刻下的。当然，我知道这推测几乎是不可能的。规整有力的凿痕、巨大的阶石，都暗示着这里曾重复着单调枯燥的劳作，汗甚至血，都滴落于此。但想象就是一个悖论，对现实具有莫名的抗衡，愈是黑暗而无味，却愈是想要赋予它浪漫的色彩。相比于历史的准确性，文化的不确定性或许更具魅力。然而

我没有这样说出，毕竟，史与诗，是不同的。我小小的忍住是对一位学术性官员于事业执着的尊重。

衢江摊平着身子从翠光阁前流过，正对面便是江心洲。偶有几只天鹅掠动翅膀，据说这些饲养的天鹅，还会吸引真正的野天鹅。“据说”“可能”“曾经”，这些被我们频繁使用的虚化的词语，拓展了这个地方的外延。

还有被虚化的，是一场战争。是的，我一直是站在平民的角度去看待问题，所以，非常自然地接受了“龙游保卫战”的称法，不是造反，是保卫。（当然战争是残忍的，太平军也有着自身的局限，在海宁市《硖川记忆》中就有记叙太平军占领长安后，三天杀了一千五百余人，河水成了血水，长安镇自此衰败。又比如，篆刻名家钱松携家人自尽也是源于太平天国之乱。）

采风出发前，省作协工作人员很细心地给每个团员邮箱发了各地的资料，我自己也做了一点功课，知道这是太平军与清军之间一场血战。我对纪年是没有概念的，一边在网上查资料，一边掐指排着清朝的几个皇帝和特别重大的那些事儿。太平天国运动绝对算得上是件大事。

这个在咸丰皇帝登基不久就发生的大规模农民起义，一直转战延续到咸丰帝驾崩之后。咸丰十一年（1861）五月，太平军侍王李世贤等进军浙江，雄赳赳气昂昂的，占领了常山、江山后，又打下了龙游。九月下旬，忠王李秀成也带着军队从江西赶来浙江会合。农民军为了有饭吃有衣穿有房子住，或许还想有自己的话语权，他们打起仗来士气很旺。咸丰皇帝到死也没能解决，他既解决不了农民的诉求，又镇压不了太平军的反抗。

至同治元年（1862），清政府派出一个厉害角色——左宗棠。他指挥湘军从皖南进入开化县境，开始了军事反扑。左宗棠是晚清一员著名的政治家军事家，但在龙游战役中却也着实被四处牵制相当被动，他常常是一边火冒三丈，一边赞叹太平军的斗争精神。当时龙游的战略位置要比现在重要。我的目光在摊开的地图上寻找当年的地名，这纸要比普通的纸张更厚一点，触感也更坚硬一点。湖镇、龟塘山、谭石望、东门宝塔岭，处处均是当年的战场。那些曾经血流成河的地方，我的手指不敢碰下去。

在春光柔软中，谈当年的刀光血影和殊死抵抗或许并不相宜。但总有什么东西，值得人誓死捍卫。那一年，那么多农民放下锄头，拿起刀。一个有故事的地方，一条有历史的江。面对先人们曾以命相争的水土，我们有更深的愧疚和思考。

若是再往上回溯，便是荷花山遗址了。据当地人介绍，遗址最深厚位置包含七个文化层堆积，年代约距今九千至八千年左右。年代愈久，泽被愈深，在一条大江厚重的历史上行进，我们深深敬畏。遗址上散落着石棒、石斧、石刀、红衣陶……为我们讲解的人，解说之后，总又把拾到的石器放回原处。他对地方史的如数家珍，以及他对这些旧物的爱护，令他身上具有一种深沉的父性。文化一事，在经济建设中常常是被弱化的，但经历过千年之后，却以永不垂落的光芒强势地介入未来的生活，并像基因一般深深植入她的子民。我捡拾到一角汉代的墓碑，它所埋葬的主人已不知所终，但冰凉的花纹还在。生，死，时间，欲望，美。在荷花山上，我们每一个人都完成了与古人的一次交锋，并败北于自身的肤浅。

而荷花山北面不远的浙赣铁路上，一列火车正急速地飞驰而过。

我便在两种时光的冲击中沉默下来。

不知为什么，离开龙游已久，常在我眼前浮现的却是一个小细节。在龙洲公园的喷泉边，两个穿着开裆裤的小男孩，一个两岁，一个一岁半，正乐此不疲地戏水。小喷泉不断冒上来。两个娃娃一个用手摁，摁下去，又冒上来；一个用光脚丫踩，水珠从脚趾间溢出。水，濡湿了他俩的小脸蛋、小屁股。而灵山港正静静地从旁边流过，像一位宽厚慈爱的母亲。

2014 年 4 月 17 日深夜初稿

2014 年 6 月 29 日再改

4. 在兰溪，慢慢地走

我是带着满怀想象来兰溪的。李渔、贯休、十里兰花照春江，老城墙、古驿道……这些元素构成了一个深具江南气质的兰溪。

站在马公滩，三江口就在眼前。衢江从西南而来，婺江从东南而来，与兰江交汇，可看之处更多起来，风雅之事亦多起来。

喜欢兰溪，自然与兰花有关。兰花是兰溪的市花。溪以兰名，邑以溪名。据说多年之前，兰溪的山上处处有兰，花落时节落满溪涧，那自然铺张的美，简直难以想象，吸引多少文人墨客王孙贵族慕名而来。明正德皇帝曾亲笔题词："兰阴深处"。字虽一般，笔画倒也圆融朴素，仿佛他一到此处，便一改脾性，变得沉静平和起来。

我是爱花之人，一到兰溪，顾不上吃饭，便追问何处可赏兰。当地作陪者中有土生土长的兰溪人姓金，对兰溪山水甚是熟悉，说在兰阴山白露山金华北山等周边山上都能找到野生的兰花，又说饭后带我去找。然后又提到兰阴山麓的兰花村，以及大规模的兰花培育基地，是环保与文化相结合的产业。兰花对温度、土壤、水质之要求可谓高也。我家中所养的兰花虽是寻常品种，然浇灌的水也不能掉以轻心，一般自来水得沉淀数日方可使用。兰溪此地，若有兰花遍山野之景，其水必也清，

其土必也肥沃。只是兰花落满溪涧的情景渐渐趋无了。第二天逢雨，我们登兰阴山，许是雨的缘故，许是不够留心，山径边亦不得见野生的兰花，这实在是此行的遗憾。自然，遗憾是常有的事。有时，遗憾是一种慢下来的美。

第一夜入住灵羊岛，我更喜欢称之为雁屿洲。喜欢“屿”“洲”这样的字，若雁归来，漂浮之中有所落脚。一夜风兼雨，清晨在农妇的洗刷声中醒来，节奏似乎拉长了。

次日乘舟离岛，至西门码头登陆，一行人鱼贯而入城。老城墙边立有《兰溪西门城楼碑记》：“此楼即宋楼，宋楼非此楼，一沉一浮已越千年。此门即西门，西门非此门，一废一兴既出排岭……”肯定句式加否定句式，辩证一味从舌尖滑过，沧桑感便陡然而生，时光有了切换般的交错。千年商埠，风雅兰溪，一沉一浮，一废一兴。多少往事已如沉沙，而兰溪在沉浮之间有着与众不同的优雅。

既出南门，往桃花坞而去。穿过窄弄，雨中访老建筑，平添几许深意。此巷在城外，却又与南门相对，几步之遥，与城中的生活中心与道德规范保持着若即若离的距离。巷弄之名亦香艳，想象一树树桃花在院内盛开，叩门，门缝一开，便有春色扑面而来。弄堂深长，高墙林立，几百年前或有红灯笼微微摇曳，大有“一枝红杏出墙来”的万种风情。今日之桃花坞在整

治建设之中，沿途见到一间已拆除的美发店，碎裂的瓷砖堆积着，而斜上去的墙上有一行用黑笔写的名字，一个姑娘的小名“琴琴”以及她的联系方式。我在心中念了一遍这个小名，这条巷便生动起来，不是红红，不是小芳，是琴琴。一个媚而不俗的小名，略带着一些古意。因为拆迁，她终于成了离开的人，却又留下一条可供揣摩的线索。也就是兰溪这样的地方，桃花坞这样的巷弄，能在风尘之中生出风雅的花来。

我恰于此时得知马尔克斯逝世的消息。写《百年孤独》的人走了，但桃花坞还在；巷弄还重复着过去的名字。雨还是当年那样的雨，巷也还是那条巷，人来过，又走了，又继续来去。鞋底沾有残香，几瓣。所有人的孤独都是一样。

兰溪老城并不大，西门，南门，东门，不过几脚路。告天台、唐壬森故居、广慈医院旧址、药皇庙、章懋故居……老建筑殊为密集，据说在兰溪县城，古建筑不下三百栋。兰溪仿佛天生有着宠辱不惊的淡定。也许历史越久，底蕴越深，便愈发沉静，就如一条江，脱去了溪流的急躁与上游的落差，渐渐变得平缓开阔，一石下去，便沉了，不会激起千层浪。但金饭碗之说委实值得深思。历史文化之遗迹，包括非遗，是一个地方不可再生不可多得的文化资源，如何保护并合理利用二度开发，是个有价值的课题。快，是建设的一种方式；慢，也是一种方式。

每一个地方都有自己的文化特质，体现在风土人情、建筑、审美以及语言等诸多元素之间。文明正在趋同，而文化是求异的，这种独立于其他地区的特质，是一个区域地方文化的核心，成为家乡情结中最为深刻的部分。

也许可以这样说：整个江南的历史文化都与水文化息息相关。钱塘江沿岸的格局受这条江的影响也深。上游的澄澈，中游的包容开阔，母亲河以一种阴柔之美滋润着钱江流域。直到下游，咸涩的海潮入侵，从萧山的三江口始，江水开始变得咸苦，人们筑起海塘，与海水争取土地与生存空间。入海口敞开，船只出没于港口，从水结构到钢结构的跨越，一条江才突出它的刚性来。这是后话，要放到萧山去写。现在在兰溪，中游，上有《千里江山图》，下有《富春山居图》，折射出来的都是传统文化中的江南，美学意义上的江南。

也是我们心中放不下的江南。

一直以为，农家乐、民宿产业的兴起，其背后的支撑不仅是旅游业的开发，更是基于人们对朴素生活的一种回归，一种对“家文化”的失落与重新定位。白墙黑瓦，亭台巷弄，江枫渔火，邻里笑答，以及由此而迁移到百姓生活中的慢与从容，令人们生出一种类似于乡愁的情感。千年兰溪，人文丰厚，三江汇聚，堪称得天独厚，甚至于兰溪的慢，也是现代都市人因缺乏而向往而渴望寻觅的。所以，兰溪人是有天时地利的。

在兰溪，顶一把伞，慢慢走。那些旧，旧时，旧事，旧物，那些尘埃，会让步履匆匆的人缓一缓脚。房前屋后的几茎竹子，半坡上的三两芭蕉，章府里爬得满墙都是的爬山虎，会牵绊旅人一回头。多处古建筑正在维修，几根长木柱斜斜地支撑着门楣。门，半开着。我们一行在药皇庙改成的老年活动中心歇脚躲雨，又经过章懋故居回到马路。这时，马叙兄辞别，先走一步。

辗转又去了芥子园。此园是兰溪人为纪念李渔在兰阴山麓仿建的。李渔祖籍兰溪，然只在夏李村过了五年隐居生活。我未曾研究过李渔的戏曲，与他的缘分关乎《芥子园画传》一书。

五十岁时，李渔携着贤妻美妾举家迁往南京，自建寓所“芥子园”，在园内开设书店，刻印出书。他不仅是文学家、戏曲家，亦可算是中国早期的出版家了。李渔毕竟是学养功底深厚的人，比一般书商有远见得多。他不仅出版小说戏曲之类，还出版有品位有学术意义的精品书籍。其女婿沈心友及王概三兄弟就在他的支持下编绘画谱，于是有了《芥子园画传》。这是一部图解中国画技法的经典作品，图录详尽，旁注易懂，我最早学画兰花，便是临摹其中范本。后来学画竹，只那些旁注词语就令我惊艳了：偃月、片羽、横舟、燕尾、飞雁、惊鸦……闲闲几笔，却有多少曲致在其中。

何镛曾在后记中赞此书曰："尽收城郭归檐下，全贮湖山在目中。"三百多年来，其影响之深远难以估量。许多成名的艺术家，说近一点的吧，黄宾虹、齐白石、潘天寿、傅抱石等，皆有得惠。我因在陈之佛艺术馆工作，知陈之佛先生亦是因少时得《芥子园画传》临摹而走上美术之路。

此芥子园虽非彼芥子园，然其间亭台相映、曲水流觞，颇得江南古韵。置身其间，不免思接千古而怀故人。我来兰溪，正当谷雨，于园中静立良久，以谢先生。

这天最后一站是古驿道。芝堰的这段驿道是严婺古道中的一段。据当地金先生的介绍可知，古时从严州到芝堰差不多就是一天的路程，从梅城到芝堰亦差不多一天的路程，黄昏时，两地往来的过客便投宿于此地。那时候最慢的是走，比走更慢的是留宿，比留宿更慢的是惜别的心；那时最快的是马，比马更快的是落花，比落花更快的是老去的红颜。被时光打磨的石板路，并没有随着驿道的式微而黯淡。雨水擦亮了檐角的红灯笼，几个孩子跟在我们后面，不时地笑闹着。

说起驿道，古来有之。查史志可知，汉初改邮为置，三十里一驿。唐代前期的驿馆一般由政府指定当地富户主持，负责驿站管理，补贴驿站亏损。有些驿将便利用馆驿从事商业活动，以商补亏。《晋书·苻坚载记（上）》说王猛治国，"二十里一亭，四十里一驿，旅行者取给于途，工商贸贩于道。”芝堰村曾有商旅往来不绝，繁华一时，村里现存承显戏院、研趾澡堂、思不忘烟馆等古建筑。孝思堂则因为有朱元璋手植的桂花树而成为一景。

我更喜欢散漫地走，偶遇几位老人，点头含笑，随意地打个招呼。江南的古村落，总有无端的亲切感，令人感同走亲访友，或者回家小憩。驿道边的民舍随意开个门，就是个家庭商铺。路见有卖传统的水米糕，比盘子略大一点，松软，糯而不黏，甜而不腻，略带酒香。据说必须用优质的粳米和芝堰的甘泉水磨浆发酵，才能蒸出这个味道。其味类似于我家小女爱吃的米馒头，便有些心动。由于还有景点要走，拟回转时再买。问店家几时关门，答曰晚上九点。九点，正是一个时间的拐点。对于乡村来说，有些晚；对于城市来说，夜生活才刚开始。芝堰虽为乡村，但因驿而兴，正处于两者相融的交点。驿道经过芝堰，就如兰江流经兰溪，带来流动，而使这一地风貌更为丰富深厚。

晚饭后折返，小店果然还开着门，亮着灯，却不见人。我不便久等，只好自取了几饼，把糕钿压在桌子一角。料想敞门而不闭户，此地民风也淳。

忽然想起提早归程的诗友，他没有去芝堰古驿道。是夜有文友赠诗一首，若古人唱酬作答。这样的烟花三月，在兰溪作别是风雅的事，也是从容的事。回首一挥

手的样子，有青山独归远之感。便又想起《兰溪西门城楼碑记》中的句子：红尘滚滚皆出门下。今古相接，匆匆过客……

在兰溪，慢慢走，慢慢道别。

2014 年 4 月 22 日初稿

2014 年 7 月 1 日再改

5. 淳安：湖水是一道折痕

……抱歉，我来迟了。

其实我曾经来过。十多年前，随先生一起来千岛湖旅游。我们乘舟荡漾、走绳索桥、看猴、挂同心锁……那一趟，兴尽而返，留下几个欢乐的片段。我也曾到建德参观新安江水电站，观望过机组发电的情景，进入内部的电梯有过几个回合的上下。听他们讲解，这座中国第一座百米高坝的水电站，为长江三角洲经济快速发展提供了电力保障，对浙江甚至整个华东地区的发展做出了贡献。站在九道巨大的闸门之上，迎风，看到湖面一角。

……抱歉，请接受我迟到的致敬。

这次到淳安第一夜，在时尚的淳安影剧院观看了《水之灵》大型演出，一场展示淳安历史文化的演出。看到移民这一段，我的手指渐渐弯曲起来。高音喇叭不断传出号召“多带新思想，少带旧家具”，江边停泊着拆房队的塘船,拖儿带女肩挑手扛的人群缓慢地移动着。演出以白发苍苍的老奶奶抡起锄头砸下灶台一角达到高潮，台上的人抱头痛哭，台下的人无声哽咽。不断重复的“我们走了”的话语，反复出现的上涨的湖水。水往上涨，淹没了高墙、屋顶；水往上涨，村子矮下去，山低下去；水往上涨，人往后退。

为新安江水电站的建造，淳安、遂安两县移民多达二十多万，加上邻省的移民，总数近三十万。部分人就地后靠上山，大部分异地迁移。不消几年，一条湍急的大江，像一个孕妇，鼓起肚子。贺城、狮城两座千年古城，连同二十七个乡镇、一千多座村庄、三十万亩良田和数万间民房，沉入了万顷波涛。钱塘江的中游加入了更多的容量，水容量、文化容量、历史容量，以及疼痛和光荣。一条江经历过拦截，开始变得沉稳。曾经的波涛，消隐在静美之中。

第二天，我们去了千岛湖镇与姜家镇，参观知青文化与狮城博物馆，进一步接触了这段历史。狮城博物馆是姜家镇的文化缩影和标志性建筑，展示着当年的狮城风貌。馆内有一座狮城模型，浓缩版，由众多原狮城居民共同回忆、几位移民老人为顾问而创作的，据说有百分之八十以上的精确度。惟妙惟肖的城墙、街道、商铺、民居及庙宇、牌坊、精致的浮雕、平缓的山丘、山顶矗立的塔以及流经城外的溪涧。

我问："山顶的塔也淹没了吗？"

"是的。"

我又问了一个很傻的问题："那么溪流呢？"

"武强溪还保留着上段，小的溪流就消失到湖中了……"

不止是人类，山川、河流、土地、动植物，这个流域内的万物都经历了这场巨变。那天我掉队了。不顾导游的催促，执拗地拍下了整墙的千岛湖原住居民照片。这些黑白照以及陈列的旧物：通知书、红袖章、光荣证、一九五七年的毕业证书、印有毛泽东头像和语录的倡议书、西湖牌香烟壳、粮票、菜票、布票、《知识青年上山下乡工作文件汇编》……都是曾经的真实生活的佐证，或者另一种湮没。

我们在新建的奎文塔前合影。两座奎文塔，一座旧，一座新；一座在湖底，一座在岸边。湖水是一道折痕，它们以看不见的方式对称着、呼应着。

在了解以上历史之后，坐游船横渡千岛湖，便有了沉重，在游船上吃鱼头看演艺便有了负罪感。船过湖心，我们都有一刹那的歇斯底里和悲欣交集。湖底的古城是沉重的，游船是沉重的，表演杂技的孩子是沉重的。一口气灌酒的年轻人也是沉重的，我看到他下咽时滚动的喉结和额头的汗珠。谁不是为了生存而取悦生活的人？因为不忍，我们几个人在船舱外站了许久。相对而出的，不止是黑色的岛屿。夜风很凉，我抱着双臂站着，拒绝了文友好心的衣裳。就这样冷一冷，也好。

次日，我们与当地人谈及游船上的节目，提议演奏古琴或洞箫更为适宜。人家还没表态，立马又被自己否定了。为什么要这么沉重？千岛湖如今是做生态旅游的，人家来这里游玩，是为了休闲放松，最好能一笑泯恩怨，一醉解千愁。也许需要的正是这样的表演呢！我迅速想起自己在十多年前的那场旅行，那时，并未觉得有何不妥。我当时不太明白，现在理解，人们还能笑的时候，是不容易被打败的。

千岛湖的今日，是笑着的。这是一种更为达观和坚韧的活法。

但我到底还是觉得少了些什么。那夜零星写下几句：

> 在游船上吃鱼头的人，忽然被刺卡住
> 在游船上仰脖灌酒的人，忽然呛出眼泪
> 在游船上表演劲舞的人，挥汗如雨
>
> 与一段历史对峙多年，
> “为了生存，没有比活下去更好的祭奠。”
>
> ——《在游船上》

在淳安，有两次失眠。一次是为了这些移民，想起背井离乡无立足之地的悲惨以及紧跟而至的三年困难时期。还有械斗、瘟疫、血吸虫病，有多少不幸的人没能捱过来，好些村子都成了绝户！悲欢离合太寻常，生离死别亦时有发生。第二次失眠是因为忽然想到了洄游的鱼类。回不了故园的人和鱼类。急匆匆问建德的朋友，答曰没人详细研究过鱼类，只知从此上游归上游，下游归下游。反正鲥鱼是绝迹了。

撞击。而闸门不再敞开
一尾鱼还在不断地跳，不断地跳
作为时代的人质，
每一条鱼都长着孕妇的身子与风霜的老脸

当沉默的石头把一生拦截成两段
大闸落下，才明白返回故乡的路只有一条
——《鱼》

回来后朋友又帮我找了《新安江水电站建设纪事》一书快递给我。此书以正面的笔调记叙了新安江水电站建设始末。书写领导人的多次视察与关心，写工程的勘察与设计，写艰苦奋斗的工人、热火朝天的场景。书中插图与《移民报告》几无重复："日产 8000 立方米的混凝土系统”、高山钻孔、雪地施工、立模浇筑、导流泄洪、灯火辉煌的施工现场、送砂石料的大型皮带机和火车……

闪光的山水。沸腾的岁月。叫高山低头、叫河流让步的气概。

这是同一个事件的两个切面。一张年轻的女风钻工灿烂的笑脸。一个满脸皱纹咬牙哽咽的老人。他们都是真实的。湖水是一道折痕，每一束灯光都对应着湖底熄灭的一盏煤油灯，每一个亮着的窗口对应湖底空的灶台。

在这个世界上，明亮与黑暗是同时存在的。荣光与苦难是相互交织的。

这是一条江的痛感，也是一个时代的痛感。每个时代都有各自的无奈。在整个文明的进步史中，必会有一些节点，需要我们承担起时代的悲壮，无论是逐渐淡出视野的知青文化，还是沉没于湖底的古城。《国家特别行动——新安江大移民》，一份迟到了五十年的报告，试图还原当时面临的抉择以及新安江水库移民及他们的子女们所做出的巨大牺牲。这份还原，是对苦难的尊重。还有一位移民老人，跑了很多地方，采访了很多人，想以手绘方式重现淹没前的千岛湖旧貌。他的手绘地图非常详尽，他怕下一代忘却历史。但时间是一道折痕。当年的移民有的早已辞世，在世的也

已老去。千岛湖有了更繁盛的景致，灯红酒绿，风景迷人。鲥鱼绝迹了，但湖中有了新的鱼类，千岛湖鱼头成为淳安的招牌菜。

苦难的背后，不止是悲悯与敬畏，还有新旧交替与生生不息。

想为千岛湖写组诗，然一直写不好。浅薄，浮于表面的浅薄。湖水是一道折痕，而我是岸上的人，一个浮光掠影的过客，连我们的悲也是浮光掠影的。

到中游，一条江不是线性的，也不是平面的，它拥有自身的深度。时间，历史的另一个坐标系赋予钱塘江立体的结构。而我们所能抵达的，太少。

从秀水码头坐船去龙山岛时，我看到深深嵌入堤岸的铁环，已有了时光的锈迹斑斑。而石头边的小黄花依然烂漫地笑着春风。

2014 年 7 月 5 日初稿

6. 桐庐：问隐之三重境界

只有樵夫才是真正的隐者。草木无心
他知荣枯。砍伐，把荆棘付诸火炉

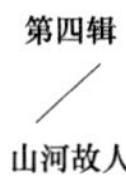

而渔者还在布网，等待某物上钩

——《寻隐者》

这是我迄今为止发表的最短的诗歌，刊发于《扬子江》诗刊2014年第三期，仅三句，却甚偏爱。过严子陵钓台时，忽然想到用在此处甚是契合。

到桐庐，文友们谈得最起劲的是严子陵。严先生算是我的老乡了，他是慈溪最早载入史册的人物。过慈溪横河镇，能见到与严先生有关的路牌标识，比如严子陵故里，比如客星山。在《慈溪百人》一书中第一篇便是《东汉高士严子陵》。

我对高士的理解是，通天文晓地理而志趣品行高尚者。严子陵满腹经纶应无疑问，否则也不会被光武帝器重，几次三番地请他出山。但他隐居之举，却屡被后人争议，以为是更高明的沽名钓誉。正如我在《寻隐者》一诗中写到的“等待某物上钩”。这某物，可能是刘秀，可能是声誉，可能是慕名而来的后人或者更多的假设。就渔者而言，垂钓只是姿态或手段，某物才是他所等待的指向。

但好歹他是我慈溪乡贤，对他保留必要的恭敬。且不论如何，严子陵先避拒王莽，后辞拒刘秀，可算清高之人；与刘秀同榻而卧，还把臭脚丫子搁到皇帝的肚子上，害得太史官奏说有“客星犯帝座”，也非常人所能做出来的。

因了这份拒，这份跳出狭窄的社会秩序的洒脱，令多少读书人心中百味杂陈。多数人一生都没有逢上如此高待遇的辞拒机会。世上多的是欲亲权贵而不得者，别说拒了。

此番诗友们写桐庐的诗中，读到的最合我味的一个词是“不事王侯”。大抵朋友们晚上又出去喝酒了，当然酒钱是干净的，回来后唰唰唰一气呵成，那份不事王侯的潇洒堪比子陵啊。次日，“不事王侯”这个词被我们反复使用。这个词，是历朝历代失意文人最爱拿来作自我安慰的借口了。

严子陵钓台，我已去过数次。穿过高大的牌坊，左右各有一扇小圆洞门，一门楣上书“问隐”，一门楣上书“听泉”。大部分人问隐去了，独留下我右拐，在“天下第十九泉”处小坐。泉声轻，潺潺往下。脚下便是富春江，已有了现代的意味。

听泉。泉水有声。必定还有不死心的人。或草庐抚琴，或南阳高卧。或撑渡，或垂钓。山水无非掩体，林泉之志也仅是回避，安放人间的疲惫、倦怠与怀才不遇。沿山路所塑的诸多古代文人石像，几乎都是半生在谈论国事，半生说不事王侯。

较之钓台，我更喜欢桐君山。桐君就比严兄低调。桐君此人，据说是中国有文化记载的医药学者第一人，著有《桐君采药记》。在古史《世书》《隋书》《旧唐书》等以及历代医籍《本草序》《本草纲目》中都有记载。但桐君真名，却无人知晓。据《严州府志》载："上古桐君，不知何许人，亦莫详其姓字。尝采药求道，止于桐庐县东隈桐树下。其桐，枝柯偃盖，荫蔽数亩，远望如庐舍。或有问其姓者，则指桐以示之。因名其人为桐君。"

喜欢"桐"字。木字旁或者草字头的汉字，总有弥漫其间的清香。不知桐君山上的桐树是青桐还是白桐，我们来时已是初夏时分，唯见光阴斑驳，不见桐花纷纷。山上有桐君祠，还有草药可采，草木无心，却可治人间疾苦。到此处，不是拂袖辞归的书生意气，而是救治民生的医者仁心。

登桐君山，至四望亭，俯瞰，桐溪与富春江相会，以清入浊，不辨你我，滔滔而去。我对桐溪有一见钟情之意，钟情于它的清，以及它加入富春江时的毫不犹豫。两条江，各有各的经历，却有共同的方向，也不问彼此，也不计前嫌。因为放松，它成为风；因为静，成为溪石的一部分；因为流动，成为舟；因为热爱，成为江边的春花；因为淡泊，成为问隐的人；因为空，成为倒影；因为慈悲与付出，成为流域内的万物。

或以桐溪来喻桐君，以一身清流投入红尘又济红尘，以无名之名而千古留名。历来多少文人墨客感念其功德，而留下佳作诗篇。爱俞颐轩的"问君君不语，指木是何年"，还有孙纲的诗句"以桐为姓以庐名，

世世代代是隐居”。若说遁隐山水是问隐的第一境界，那么隐姓埋名、悬壶济世则是第二境界。那日我亦附庸风雅，胡嚼七绝一首，以致敬意。

远客江边问道津，悬壶济世隐真身。
满山草木皆为药，遥指桐花是故人。

——《甲午春深访桐君山》

在一条大江边行走，每个人的体内都有这条江的影子和潮汐，有清浊相间的苦衷，有致仕还乡、放舟南下的慷慨，也有悲天悯人的慈悲心肠。江边有小舟。红尘之上，可以为自己虚构一方山水。今日我们联袂而来，大有翩翩之意。在四望亭，要背朝尘世，面向大江，都是入世之中的出世，物我两忘的清风徐来。

午饭就在桐君山下的农家餐馆。饭后尚早，几个人三三两两出来在草地上寻药。其实均非医道中人，全凭自己对植物的直觉指认着这是什么、那是什么，天马行空地猜想，仿佛我们身患不可名状的沉疴，需要觅得一味山外的草药。五行轮转，阴阳调和。因指尖沾染上的一点植物的气息，我们忽然发觉自身与自然之间的某个通道。阳光碎碎地从枝叶间散落下来，有一点点热，一点点停顿。

此刻，我们都是问隐之人。

隐者尚虚。雷平阳在《寻找担当》一文中提到过，隐者有真假之分。假隐者身在终南，心在庙堂。真隐者无论身处哪里，都有独立的人格和自由的灵魂。我赞同他对真隐者的定义，但并不以为心在庙堂是件坏事。关于问隐，古来还有一种说法是：“小隐隐于野，中隐隐于市，大隐隐于朝。”

桐庐已是杭州市境内，桐君山至六和塔不过一小时车程。桐溪入富春江后曲折东去，即将与之江相会。关于这条江的故事愈来愈多，某种意义上来说，每个故事都是一个劫数，劫数背后都有一段气吞山河的悲壮和大义。“钱王射潮”的传说，知之者众。话说古时钱塘江潮水从来凶猛，潮来若万马奔腾，有排山倒海之态、席卷一空之势。潮头既高，冲力又猛，两岸堤坝常常决口，钱塘江沿岸民众可算是饱受灾害之苦。俗话说“黄河日修一斗金，钱江日修一斗银”，水利工程关乎民生大计。唐末出了个吴越王钱镠，治理杭州，屡建海塘而不成，又操心又恼火。听人说这是江中潮神作怪之故，钱王就打算八月十八潮神生日那天给他个下马威。他带万名弓箭手在江边候着，潮头浩浩荡荡地过来时，就下令放箭，霎时万箭齐发，逆而射之，也不知是否真把潮神吓着了，反正潮水渐渐退了。从此海潮至六和塔便偃旗息鼓，歪歪扭扭东去，形如“之”字。如此海塘才得以建成。这段塘就是“钱塘”，这条江便是“钱塘江”，又名“之江”。

自然，此中有后人美化和神话的成分。民间故事盛行的支撑力，是民心。可见古代百姓对于治水筑塘的渴盼，以及与海潮抗衡的艰苦和艰苦所催发的万众雄心。对钱王的赞美，正是对造福万民的英雄主义的高度赞美。

钱王确实称得上是把百姓放在心上的人，并且有洞见，正如本文开篇诗中之樵夫，他知荣枯，明白自然规律和人世规则，懂得把过度的欲望和荆棘砍伐掉。前阵子看王国平著的《城市论》，谈到杭州的建城史，其中有浚淤撩湖一段，有方士劝钱镠把西湖填平，在上面造王府，便有千年王气。钱镠说："百姓借湖水以灌田，无水即无民。况且'五百年必有王者起'，岂有千年而天下无真主者乎？有国百年，我愿足矣。"正因钱王有为民之心，他才成为民间传说中神一样的人。

大隐隐于朝。心在庙堂，并非为追求功名，是凭借朝堂的影响力而为天下苍生谋。读书人固然要淡泊名利，还应有担当。大江东去，时序变迁，但天地人心中的某种东西一直都在。严子陵之所以被争议，或许与他没有担起读书人的责任有关。东汉始建，正是百废待兴之际，渠又亲眼见佞臣得志官场险恶，却只求自适而无作为，生生地空置满腹才华，也是可惜。庄周之意虽好，不妨待到退休后再寻觅。自然，我没有强迫谁的意思。每个人都有自己的人生观价值观，有权选择自己的生活方式。人间事确实也比较烦琐，老严不爱与俗子周旋，喜欢自娱自乐看看青山钓钓鱼，也是可以理解。他虽没有兼济天下，到底也独善其身了。

想起了《岳阳楼记》中的名句：“先天下之忧而忧，后天下之乐而乐。”这是古来读书人的担当。审视一条江的跌宕、破碎，一路不曾回避；回顾湖底的城镇村庄，它们有无辜的顺从；还有越来越多的溪涧前赴后继地汇入泥沙俱下的干流。万物各有承担。隐遁是追求个人的自身圆满，而泽被众生，则是无上功德。虽说人各有志，但子陵垂钓与钱王射潮，到底是两种格局。

过桐庐，有三思。问隐，当以心怀天下者为最高境界。忽然发觉这也是禅宗的境界，空其心而怀慈悲，而度天下。也许所有境界到高处，都是殊途同归吧。那么，读书人，不管你身处哪个江湖，莫要负了“读书人”这个称呼，哪怕我们终究都只是这片江山的匆匆过客。

2014 年 7 月 7 日初稿

7. 萧山：江水有点咸以及否定式

落日在高楼间落下，霸气的高压电线切割了它的圆。我曾以为这是几何之美，但一位搞摄影的朋友说这是大工业之美。诗意与刚性的结合，到萧山，这种感觉被加强了。

萧山的江，不同于一般的江。兰溪的三江汇聚，打开了兰溪的局限，兰溪之地，伸展，平缓，从容不迫。而在萧山义桥，富春江、浦阳江、钱塘江，三江汇聚，上承江水，下纳强潮。两股潮迎面相撞，这方水土天生就具有强劲的冲突感。

只一页湘湖地图，一本《渔浦诗词》，她的诗意就像被挖掘出来的跨湖桥遗址一般，隐秘、文明，与盛大的历史感，令人无可阻挡。

跨湖桥遗址打开了几千年沧海桑田，独木舟已练就处乱不惊的内心，哪怕游客每日如流水般经过，惊叹与探究的目光无数次扫描它。有的目光那么深，仿佛想切开它的内部，研究碳分子结构。

相比于龙游荷花山遗址的石器，跨湖桥人类文化遗址博物馆更多展陈了骨器。骨匙、骨匕、骨锥、骨针、骨箭头……那么多用骨头做成的用具，隐含着多少凶险的斗争。物种之间的生死之战，人与自然之间的生存之战，跨湖桥人在海侵的风浪中活着，并创造了辉煌。

——直到骨笛出现在我的视野。这原是为狩猎而制作的小小的哨子，含在嘴里，会有类似于鸟鸣的哨声传出，传递给同伴做信号。但它传递给我另一种信号，一种诗意的、婉转的、属于音乐性质的信号。骨笛，这个词所发出的清音以及窄窄的小孔，是残酷之中的温柔，生存之上的浪漫。

这或许就是横亘萧山整个历史的底色。

不知时光是否有分子结构？不知诗是否有分子结构？湘湖，胜景若潇湘，一个消失过又重新开发的湖。她的美有被毁的痕迹，却又有重生的新鲜。在湘湖上，我们谈到诗歌。谈的是唐诗。据说是朱自清说的，八首最猛的唐诗绝句，它们的结尾全部是否定式的，比如“西出阳关无故人”“醉卧沙场君莫笑”“春风不度玉门关”“商女不知亡国恨”……然后由此谈到现代诗。那日我刚完成前一天的作业《过严子陵钓台》，正活用了否定方式，在众人景仰老严隐士风格的基调上，我否定了老严隐遁的姿态。

否定之美，我的理解是新颖，即以否定的方式，在正常的秩序中寻找新的突破与表达，它是一种逆向的思维方式，与既定的现实相迎，就像江水本该平缓下流，但是潮反扑过来，这种突如其来的美会带来冲击。

历史一直在肯定与否定之间交叉前进，没有绝对的正确，只有合适的人在合适的时间地点做了合适的事情。湘湖本身也是一个否定式。它是萧山人在持续的大工业经济建设过程中忽然回头思考的一个标识。二十世纪八十年代，古老湘湖已基本消失，但进入二十一世纪之后，萧山人先后实施了两期湘湖综合整治工程，她重新出现在人们面前，把庞大的诗意推延到遥远的八千年之前。回溯，也是一种否定式。想象你往前跑，或者走着，慢慢停下来，往回看，又想起了某件遗失的珍贵之物，试图把它寻回。

渔浦是另一个否定式。我简单地套用兰溪那首城楼赋可以描述为：此渔浦是渔浦，非彼渔浦；此渡口是渡口，非古渡口。翻看《渔浦诗词》，能找出不少否定句。皇甫冉的“无限青青草，王孙去不迷”，俞桂的《江头》结尾句“等闲更上层楼望，贪看江潮不肯归”，我最喜欢童瑞《宿渔浦村舍》中的两句：“明发钱塘路，江皋月未昏。”月未昏，正是将昏未昏之间，这种朦胧的只可意会不可言传的意境，赋予了诗歌更多的表现可能，也使渔浦处于曾经与当下的断裂中。

好在渡口虽是泥沙乱滩，江水浑浊，边上大坝浇上了水泥，但到底还余下杨树几丛。几位诗人轮流在石碑边留影，其中一位径直走到芦草边，拍摄江水，他站在杨树下的身影仿佛正送别一江春水。

与诗意相对应的，是日常、平淡甚至是污浊。生活是建构在众多非诗意之上的，是柴米油盐加吃喝拉撒。在萧山的日程安排中，有诗意，也有日常。比如我们参观的萧山钱江污水处理厂。

走入厂区，异味迅速包围了我们。我条件反射地用手捂住鼻子，又觉得不礼貌。抬头看到一面蓝色的墙壁上写着：水，生存，发展。湘湖和渔浦呈现了水的诗情，这里则强调了水对生存的实际意义。

总控室有数台电脑，有厂区实景监控系统和生产管理系统实时监控。电脑屏幕上排列着密密麻麻的数据。早在一九八八年，萧山就成立了杭州市萧山区排水管理处，城区污水处理工程始建于二十世纪九十年代初，至2013年底，已在全区范围内埋设有不同管径污水干管五百三十余公里，建成各级中间提升泵站六十四座和污水处理厂三座，城区污水处理率达到百分之九十五以上。

我们跟着讲解员见证一滴水被澄清的过程。

污水经过粗格栅、细格栅，过滤掉大分子垃圾，到沉砂池，再流经水解池、初沉池，在反应池中外回流、内回流，进入二沉池，最后次氯酸钠消毒。大抵是这个程序，看起来很简单，没有使用任何化学物质，只是过滤，沉淀，再过滤，再沉淀。

从铁架桥上走过，黑色的污水就在我们脚下翻滚，散发出刺鼻的气味。目前已经饱和运转了。这仅仅是生活污水，是人类生活产生的废水。这些乌黑的水流来自各自的厨房、浴室、洗衣机等等，它曾流经过你白皙的手指，它曾流经你的体内。

“你就是一个污染源！”当我们对污染表示一致的吃惊与心痛之际，有一位大嗓门的诗友一针见血地说。他善于使用否定式，提炼出与众不同的警句。

每个人都是污染源。我们都是伸向大江的排污管和浊流。

问责自身。为自己设立格栅，一道道过滤，沉淀。

水至清则无鱼。人到中年，谁也不是一杯清水，而我们所能做的，便是不断地净化。所以每遇责难，我便会想起污水处理厂。人生有比这更大的暗流，以及永恒的悲欢离合。一个女人，在俗世中保持清澈是多么难。就像此刻，我们无法回避异味的侵入，无法阻止污水弄脏我洁白的鞋帮。“但被脏水泼到，并不影响我们内心的洁白。”多年之前，我曾这样写道。过污水处理厂，你进一步认识到何为浊世，何为清欢。知黑守白，是智慧，也是气度。

至萧山，江水开始变咸。咸，是对甜的否定和补充，比甜更丰富，更具有质感和回味。一条江要入海，得经历堤坝拦截、泥沙堵塞以及入海口迎面而来的海潮冲击。这是萧山比别处更多的阻碍和机遇。海潮是把双刃剑，人们更加坚韧，筑塘、围垦，为自己争取领地，并学会在现实之上挖掘诗意的源头。

根据萧山区提供的资料可知，萧山首次围垦在一九五〇年。自一九六五年以来，先后围涂三十余次，至二〇〇七年底围垦造地面积达五十四万余亩。展开萧山的围垦地图，大家戏说，萧山三分之一的土地是从海龙王和潮神爷那里抢来的。我到萧山第一天，宣传系统的朋友就问我来自哪里。一说是慈溪就很亲切，慈溪和萧山都是围垦文化，经济实力也可以，两座城市的气质也接近。坚韧、开拓。慈溪被称为唐涂宋地，在宋之前就有散塘，宋谢景初治理大塘河具有里程碑意义，至今已是第十二塘，围垦面积约占慈溪现境土地面积的百分之八十五。都是不肯低头的人。宁可向诗意弯腰，不能向狂潮低头。八千年前把跨湖桥人逼退的海侵，如今已被萧山人征服。围垦史加诸于人类身上的苦难，铸就了他们的刚性。如果说三江汇聚的兰溪是个妩媚的才情女子，那么萧山就是一个铁骨柔肠的汉子，他的敞开，四通八达的水陆空交通，鳞次栉比的高楼大厦，现代化的企业厂区，无一不在增加男性的魅力。

在萧山的美女坝前，能看到对岸。等我们到了海宁，在盐官观潮景区，也能看到萧山区的高楼大厦。海宁的朋友笑着说："看，萧山一直围垦，已经凸出来一大圈了。再围下去，就要跟我们接轨了！"虽是笑话，却也道出了萧山精神。

就像站在中国水利博物馆中，俯瞰一条江巨大的平静，它不与暗礁与漩涡周旋，接纳、宽容、坚持，因为它的方向是海。就像站在萧山的土地上，你明白了海侵能逼退一叶独木舟，却不能阻止萧山的崛起。一切苦难，都将成为造就人生或者一座城市更强大的反作用力。

你的对岸是什么？对岸是又一个否定式。在文友们写萧山的散文中，有的对岸是他与海宁有关的记忆，有的对岸是他被现实隔离的理想。而每个人的对岸，都有

莫名的对峙之物。对岸的存在，使一条江富有理性，并圆满于自身的局限。否定式的意义，正是为了强调正面的存在。

到萧山，江水有点咸。这正是人到中年的况味。

2014 年 5 月 23 日初稿

2014 年 7 月 12 日再改

8. 海宁：高于尘世的流淌与抒情

过钱江二桥，下海宁。对海宁期待已久。金银花开的时候，我正在读陈巨来的《安持人物琐忆》，那个时代的印家以他的角度叙述徐志摩与陆小曼，以及林徽因的一些趣闻逸事。我承认，我对他的文字的兴趣一度超过对他的印章。此次海宁之行，有徐志摩故居，还有王国维故居。

一段大江的入海之地，定然不会令人失望。走访南关厢街，老街就在洛塘河边。硖石原有东南西北四座关厢，水栅六个，旱栅三十五个，更楼一座，后仅存一座南关厢。南关厢外曾是一个水陆码头，停靠各地航船，洛塘河是海宁的母亲河，曾是此地重要的水运通道。南关厢街尚在重修中，寂阒，悠长。起始处有一家古玩店，关着门，落地的玻璃橱窗，陈列着许多老钟表，时针定格在过去的某个点上。附着于这些旧物之上的，是蒙尘的时光和故事。我拿手机拍照时，忽然看到自己的影子，与它们重叠在一起。某一天，我也将成为过去。

沿街的木门上，几乎家家户户都贴有对联，书体各异，行草隶楷俱全，看得出内容都是马年迎新的。吴其昌吴世昌故居门口贴的是“好借春风酬壮志，快催骏马跃前程”，隶书，朴拙丰茂，有《西狭颂》与褒斜道摩崖石刻的痕迹；另有“春寓枝头迎佳节，福在心里接马年”“龙马精神驰大道，鲲鹏志向搏高天”……几月风雨已然褪色。我一路拍去，时有精彩之作，尤其是几幅章草作品，取法皇象《急就章》、索靖《月仪帖》，堪称异趣横生。民间有高人，那些字，野而不白，很有生命力。

拍老街，拍一个老人慢慢走远的背影，一个骑自行车的小伙迎面而来，一个看不真切的人影横过廊门。无人则孤清，太过暮气；人多则俗。有时候审美就在于这个恰好。文化，也正是这样一种刚好的状态，不多不少，不堆砌。这段老街始于一家古玩店，终于一座拱桥，旁侧洛塘河，充满了暗喻。

第二天上午拜谒王国维故居。一个小小的略带着陈旧气质的老建筑。典型的石库门风格。坐北朝南，木结

构，二进，中有天井，后有小院。小楼独栋，有遗世独立之美，其气质亦与主人相符，内敛，含蓄。

我在王国维故居拍摄最多的是灯盏。床头的，书桌上的，窗前的。这些熄灭了火焰的灯盏。一个对灯盏敏感的女人。

在二楼一角推开的窗子里，俯瞰，不少人聚在楼下的小院中，人手一瓶矿泉水，正讨论着什么。他们都是现在时的人。听不清他们的声音，也无须听清。我喜欢这样的状态：二楼，窗前，模糊。略高于浮世的一点距离。这或许也是先生欲保持的境界吧。

尝读《人间词话》。薄薄一本，握于掌心，负手立着，观月，便有澄澈之意。

王国维先生有一段广为传颂的名言，以晏殊、柳宗元、辛弃疾三句表达相思的词句来论“悬思—苦索—顿悟”治学三重境和人生三境界，把诗句推绎到哲学领域，深入浅出。可见先生是通透之人，所以对先生自尽一事，我反对妄加揣测，也不附和上升为民族大义。一九二七年农历五月初三，他从清华园来到颐和园，自尽于昆明湖，留下遗书：“五十之年，只欠一死，经此世变，义无再辱……”我用了自尽一词，不是自杀。干干净净地走了。

王国维词风多为深邃隽永，但他写钱塘江的词倒很是义愤难平。

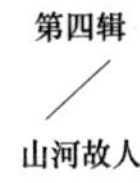

辛苦钱塘江上水，日日西流，日日东趋海。终古越山澒洞里，可能消得英雄气？

说与江潮应不至，潮落潮生，几换人间世。千载荒台麋鹿死，灵胥抱愤终何是！

——《蝶恋花·观潮》王国维

料想当年门对浙江潮，感念葬身钱塘的伍子胥，不免悲壮。书生们看着文弱，却有骨子里的气节。这似乎冥冥之中暗合着他最后的决绝。

后来读《诗词格律》，才知王力是王国维的学生。王力教授有数首挽诗，其中《挽王静安师诗》云：“海内大师谁称首，海宁王公驰名久。”再后来读到他的另一首悼诗《哭静安师》：“似此良师何处求？山颓梁坏恨悠悠。一自童时哭王父，十年忍泪为公流。”我竟也鼻子一酸。都是隔着时空的先辈了。静安先生在北京的故居织染局 10 号，后改称织染局胡同 29 号，后来因御河扩建拆除。但他们，从不曾离开。

他们始终都在灯火阑珊处。

干河街中段。诗人徐志摩故居。一幢中西合璧风格的建筑，富贵，典雅，掺入了更多西方文明的元素。我总是沉湎于细节。除了灯盏，我所敏感的还有半开的窗、楼梯和井。这些有着暗示的事物，都指向我的缺陷，一个被俗世禁锢的女子，潜意识里等待援手。

还有一只鎏金手镯、一个淡粉红的雕花印泥盒，起初我还以为是胭脂盒。这些具有女性特征的旧物，使房间慢慢弥漫开妩媚得像当年陆小曼的唱戏曲调或者若有若无的香水的浪漫气息。

徐志摩的风流倜傥为情痴狂是众所周知的，连陈巨来这样不是文学圈的人也要写上几笔。拍成电视剧的《人间四月天》讲述了他与三个女人的故事，张幼仪、陆小曼、林徽因，均算是出身名门各具才情的女子。轰轰烈烈，短暂一生，颇有潮来潮去之感。这三个女子的照片都陈列于故居的墙上。

其实，徐志摩对新诗的发展所做的贡献更应受人尊重。徐志摩留学归来后，曾在北京大学、上海光华大学、东吴大学、南京中央大学等多所高等学府任教，又担任过《晨报》副刊和《诗刊》主编，后又创办《新月》月刊，被称作新月派诗人。

故居橱窗有旧书籍与手札展示。看到了他写给秋兄的书信，写给启明兄的，写给张任政的，写给陆小曼的等等，各色信笺，洒脱笔意。

“秋兄”，即梁实秋，他有时称其为兄，有时又称秋翁。在手札中谈到了光华的学潮运动，谈到主编《诗刊》时的一些用稿安排，谈到他为张东荪荐稿碰钉子的事，谈到推介新诗人的情况，谈到胡适之、闻一多、杨振声（今甫）等诸多文化名人。闻一多的《奇迹》，就是徐志摩催出来的。

而“启明兄”，即周作人。仔细读得几札，均谈到新创的《新月》杂志，还有一个云裳公司。云裳专为小姐娘们所设。本意虽佳，奈何沦为成衣店。“江小鹣亦居然美术家而裁缝矣”，读之不禁莞尔。

俗世之重，无可回避。都为生活而忙碌着，诗人们亦不能免俗。如此读着，岁月的光华慢慢流转回去，我的鼻尖和额头触摸到沉香一般的尘屑。那些翩翩的人儿，颦笑之间的诗意，落满我的双肩。我不是在海宁的一幢建筑中，我是在一段温热的岁月中。只可惜展陈信笺几乎都是叠放的，只能读个开头，仅窥得一斑。

海宁，钱塘江入海口。海宁人面对的不仅是江，更是海。潮起潮落，日日都要经历汹涌与平静的更替。不知道这样的起伏是否影响了此地的人文历史和经济的格局。《影响中国的海宁人》厚厚一本，涵括了经济、科技、文化、医药等诸多领域。参观海宁市南排水利工程时，才知道江潮竟是高于地平线的。海宁防洪排涝不是开闸放水，而是通过水泵往外抽水。也许，居安思危，居危思进，更激发了海宁的潜能，凭风口浪尖的咸碱之地，几千年文化传承，成为江南的“鱼米之乡、丝绸之府、才子之乡、文化之邦、皮革之都”。在一个潮水高于地平线的地方抒情，是多么危险的事情，却又是多么风雅。文化，是另一条高于地面的河流，令人沦陷，又散发出救赎的光芒，闪动的粼粼反光，都是金色的灵魂。

行程中还参观横塘河及丁公堰万亩片林以及长水塘生态湿地，但没有真正站到入海口，也没有见到闻名于世的大潮。众文友皆感遗憾，似觉有始无终。一条江，从何而来，往何处去？它的源头可能只是一滴很小的水，或更虚无的白云；它进入更广阔的领域，被称为海。在海宁，我们不必再拘泥于实体的江。它是江，又是海，又是境界与胸怀；它是潮，是人文的，又是经济的，也是时间的。

我们，以及我们走过的每一个地方和旧址，只能见证时间在当下的一段。我们从哪里来？我们往哪里去？我们也只是偶然路过人世。但一切还将继续流动。

徐志摩写的《偶然》一诗，是我认为其诗中最好的一首，写出真实、哲学与命运感。

> 我是天空里的一片云／偶尔投影在你的波心——／你不必惊异／更无须欢喜——／在转瞬间消灭了踪影。
>
> 你我相逢在黑夜的海上／你有你的，我有我的，方向／你记得也好／最好你忘掉／在这交会时互放的光亮。

曾有朋友提议，让我也写些圈里圈外的事，像陈巨来那样写，家长里短，嬉笑怒骂皆成文章；像徐志摩那样写，竖排，素笺，一封封手札，谈谈诗歌与其他。欲寄无人，况又当局者迷，难免失之偏颇。等间隔多年之后，再写这些经过光阴沉淀的人事，一切，如大浪淘沙一般，即便是艰苦的，也将沉淀为一生中深刻的记忆。我们在海宁回首钱塘之行，回顾这一路风雨兼程，目睹的悲壮与疼痛都沉淀为最后的美与消失于海天的荒凉无际。假如给我无限，我将成为海……

这一切都会成为佳话。谁敢说，严酷的现实不是更深层次的浪漫主义？

2014 年 7 月 10 日再改